주머니 속의

명상법

이
시
환

2014

신세림출판사

근심걱정 다 버리고
깨끗한 마음 건강한 몸으로
오래오래 살고 싶다면

먼저, 심호흡을 즐기고,
눈을 지그시 감으며,
자기 자신과 자주 마주 앉아라.

겉으로써 속을,
부분으로써 전체를
꿰뚫어볼 수 있는 눈을 닦고

우주 속의 나를,
내 속의 대자연을
마음껏 느껴보시라.

주머니 속의

명
상
법

마음이란 생명의 욕구를 담아내는 '그릇'이자 그것을 되비추어 보는 '거울'이다.

—이시환의 아포리즘aphorism 157

머리말

　고스톱을 아주 좋아하는 사람들이 잠깐 사이에 하룻밤을 온전히 새듯이, 나는 이 명상법을 가다듬기 위해서 겨울 한 철을 그 하룻밤처럼 다 보냈다. 일상 속에서 늘 해왔던 명상이지만 그 방법이나 의미 등에 대해서 문장으로써 세상 사람들이 머물며 쉴 수 있는 집을 짓기란 쉽지가 않았다.

　돌이켜 보면, 부처님은 온갖 '번뇌'를 물리치기 위해서 스스로 만든 계율戒律을 지키고, 자주 선정禪定에 들며, 지혜智慧를 얻어야 한다고 가르쳤다. 그 방법의 핵심으로, '더럽고, 썩어 없어질' 몸을 무시 · 외면하고, 온갖 욕구를 버려서 갖게 되는 청정한 마음과 자비심을 강조하였다. 그러나 현대인들은 그 몸을 위해서 살고, 그 몸의 온갖 욕구를 충족시키고자 경쟁하며 산다고 해도 결코 틀리지 않는다.

　이 주머니 속의 명상법은, 그러한 오늘을 살면서 받는 정신적인 스트레스 곧 잡념이나 고민이나 당면문제 등으로부터 생기는 피로나 중압감을 떨쳐버리고, 마음을 편안하고 깨끗하게 하며, 경우에 따라서는 병든 심신心身의 고통조차 덜어내기 위

5

해서 마음을 쓰거나 다스리는 방법과 그 기술을 설명하고 있다. 그 핵심이 바로 자기 자신과의 일대일 대화인 '자기自己 관조觀照'인 것이다.

부처님의 생각과 같은 점이 있다면 욕구 통제·사고력 집중·청정한 마음 등이고, 다른 점이 있다면 몸을 명상의 대상으로 끌어들여 그것을 충분히 이해함으로써 그 잠재력을 이끌어내도록 마음을 부림에 있다. 그러나 「좌선삼매경」에 언급된 공중空中 부양浮揚이나 축지縮地·비행술飛行術 따위의 '과장된' 신통력과 「반주삼매경」에 기술된 '현재불실재전립[現在佛悉在前立:시방삼세에 계시는 부처님을 현재의 모든 사람에게 나타나게 하는 것] 삼매' 등에 대해서는 미안하지만 부인한다.

세상 사람들은, 서로 사랑하며 용서하며 근심걱정 없이 행복하고 지혜롭게 잘 살라는, 매우 현실적인 당부를 위해서 예수와 부처가 방편 삼아 한 이야기들에만 ― 예컨대, 천국(천상·극락)·지옥·심판·부활·환생 등 ― 관심을 갖고 집착하는데, 이 명상이나 좌선을 바라보는 눈조차 그러하기에 실로 안타깝기 그지없다. 일상 속에서 사랑과 자비심을 실천해 옮기지 못하면서 오로지 죽어서 '천국'이나 '천상'에 가고자 꿈을 꾸는 것처럼, 생활 속에서 명상이나 좌선을 실행해 옮기지 못하면서 선공부 좀 하면 무슨 신통력이나 얻는 것처럼 기대期待·기도企圖하는 것이다. 이는 한 마디로 말해서 '모순矛盾'이며, '무지無知'

로소이다.

  지난 2013년에 펴낸 『명상법』이 명상 생활 속에서 얻어진
방법론에 대한 초벌구이라 한다면, 이 『주머니 속 명상법』은
재벌구이라 할 수 있다. 많은 사람들에게 풍문처럼 불완전하게
알려지고, 신비하게만 부풀려진 '불교의 좌선법'을 소개하는
장을 별도로 두었으며, 언제든지 명상생활을 통해서 실질적인
도움을 받을 수 있도록 쉽게 설명하려고 나름 애를 썼다. 따라
서 이 작은 책이 그 '모순'과 그 '무지'를 일깨워 주고, 마음으
로써 몸의 잠재력을 이끌어내고, 심신의 평안을 누리는 데에
도움이 되었으면 한다.

  관심 있는 분들의 심독心讀 후 조언이 있기를 기대하면서, 독
자 여러분의 명상수행의 발전이 있기를 기원해 마지않는다.

  2014년 2월 20일
  새봄을 기다리며 이시환 씀

| 차례 |

● 머리말 … 5

1. 명상(瞑想)의 일반적 개념 … 13

2. 명상의 핵 … 15

3. 명상 3단계 … 19

4. 심신을 차분히 가라앉히는 방법 … 22
   4-1 잡념이란 … 23
   4-2 잡념을 물리치는 방법 … 25
   4-3 심신을 차분히 가라앉히기 위한 전제조건 … 33
   4-4 화두 선택하기 … 36
   4-5 경험적 화두의 예 … 38
   4-6 지혜란 무엇인가 … 42

5. 물에 비친 자신의 모습 들여다보기 … 44
   5-1 자기 관조의 의미 … 45
   5-2 자기 관조 방법 … 47

6. 화두에 대한 사고력 집중 방법 … 53

   6-1 화두의 개념 … 54

   6-2 화두에 대한 사고력 집중 방법 … 55

   6-3 화두가 쌓이면서 생기는 염력 … 58

7. 명상의 목적과 효과 … 62

   7-1 명상의 목적 … 63

   7-2 명상의 효과 … 70

8. 명상의 자세 · 호흡 · 시간 · 장소 … 78

   8-1 자세 … 79

   8-2 호흡 … 85

   8-3 시간 … 91

   8-4 장소 … 93

9. 명상과 관련된 좌선 · 묵상에 대하여 … 96

   9-1 좌선(坐禪)이란 … 97

   9-2 아리송한 선정(禪定) 3상(相)에 대하여 … 104

   9-3 선정 4단계에 대하여 … 108

   9-4 삼매(三昧)에 대하여 … 112

   9-5 적멸과 해탈이란 … 114

   9-6 선을 통한 공중부양과 축지 · 비행 능력에 대하여 … 118

   9-7 어차피 분해되어 돌아갈 몸과 텅 빈 우주라 … 124

   9-8 묵상 · 기도란 … 127

| 차례 |

10. 명상과 관련된 요가와 기 수련 ··· 135
　　10-1 장수가 과연 진정한 선(善)이자 승리(勝利)이고 희망(希望)인가 ··· 137

11. 마음의 여러 작용 ··· 142
　　11-1 '마음'이란 거울[鏡] ··· 144
　　11-2 '마음'이란 눈[目] ··· 145
　　11-3 의욕과 집착 ··· 147
　　11-4 '마음먹기에 달려있다'는 말에 대하여 ··· 150
　　11-5 '마음비우기'란 용어에 대하여 ··· 152

12. 명상 관련 세 가지 오해 ··· 156
　　12-1 마음은 몸을 어디까지 통제할 수 있는가 ··· 158
　　12-2 '깨달음'이 먼저냐 '큰 기쁨'이 먼저냐 ··· 162
　　12-3 영과 육이 과연 분리될 수 있는가 ··· 165
　　12-4 영이란 무엇인가 ··· 166
　　12-5 어느 장례지도사의 고백 ··· 174

13. 일상 속에서의 아주 간단한 명상법 … 176

    13-1 잠자리에 누워서 … 178

    13-2 지하철 안에서 … 179

    13-3 차나 술을 홀로 마시며 … 183

    13-4 공원을 산책하며 … 185

    13-5 음악을 듣거나 그림을 감상하며 … 188

    13-6 목욕탕에서 … 190

    13-7 상갓집에서 … 192

    13-8 너무 기쁘거나 슬플 때에 … 196

14. 몇 가지 특수한 상황 극복을 위한 명상법 … 199

    14-1 산만(散漫)할 때에 … 201

    14-2 불안(不安)할 때에 … 204

    14-3 불만(不滿)이 많을 때에 … 206

    14-4 불면(不眠)에 시달릴 때에 … 209

    14-5 분노(憤怒)가 솟구쳤을 때에 … 213

    14-6 수치심이 크게 일 때에 … 215

    14-7 집착(執着)으로 시달릴 때에 … 217

    14-8 미움이 극에 달할 때에 … 219

• 후기 … 222

검은 돌에서 검은 모래 나오고 흰 돌에서 흰 모래 나오듯 붉은 돌에서 붉은 모래 나온다.
—이시환의 아포리즘aphorism 149

1.

명상瞑想의 일반적 개념

> 명상이란, 생각하는 일에 방해 되는 요소들을 먼저 차단·제거한 상태에서 무언가에 대해 골똘히 생각하는 것이다. 전자에서 명상의 온갖 방법론이 나오고 후자에서 명상의 목적이 나올 뿐이다.

'명상瞑想'이란, 글자 그대로 풀이하자면, 눈 감을 명瞑에 생각 상想으로, '눈을 감고 생각하는 일'이다. 여기서 눈을 감는다는 것은, 눈에 보이는 것들을 차단함으로써 생각하는 일에 방해되는 요소들을 제거함이자, 동시에 사고력 집중을 의미한다. 따라서 명상이란 생각하는 일에 방해 되는 요소들을 먼저 차단·제거한 상태에서 무언가에 대해 골똘히 생각하는 것이다.

그렇다면, 명상에서 중요한 것은 딱 두 가지뿐이다. 하나는, 집중해서 골똘히 생각해야 할 대상으로서 그 내용이고, 그 다른 하나는 대상에 대하여 사고력을 집중하는 과정에 방해되는 요소들을 먼저 차단·제거하는 일이다. 바로 전자前者에서 명상의 온갖 목적이 나오는 것이고, 후자後者에서 명상의 온갖 방법론이 나오는 것이다.

따라서 명상이란, 일반적으로 ①골똘히 생각해야 할 대상으로서 '화두話頭'에 대한 사유 전개를 방해하는 요소들을 차단·제거하는 준비과정과, ②자신이 필요해서 선택한 화두에 대한 사고력을 집중시키는 실행과정의 합合이라고 말할 수 있다.

[*화두에 대해서는 「4-4 화두 선택하기」와 「6. 화두에 대한 사고력 집중 방법」에서 구체적인 내용을 확인할 수 있다.]

한 번 금이 간 마음은 복원되었다 해도 원래와 같지는 않다.
─이시환의 아포리즘aphorism 83

명상의 핵

물컵에 더 이상의 이물질이 들어오지 못하도록 뚜껑을 덮고, 내부 불순물이 가라앉도록 가만히 놔둠으로써 얻어진 맑은 물을 마시듯, 자신의 뚜껑을 덮고 자신을 조용하고 깨끗하고 안전한 곳에 놓아 청정해진 몸과 마음으로 지혜롭게 오래오래 살고자 함이 곧 명상의 핵이다.

'명상의 핵이 무엇이냐?'라는 단도직입적인 질문을 수없이 받아왔다. 그때마다 나는 이렇게 대답하곤 했다. 곧, '선택의 여지가 없이 컵 안에 든 깨끗하지 못한 물을 마셔야 하는 상황이라면, 그 컵의 뚜껑을 덮어 안전하고 깨끗한 곳에 가만히 놔두어야 하는 일과 같다.'라고.

이게 무슨 말인가? 자신의 욕구와 욕망을 충족시키기 위해서 경쟁하며 살아야 하는 것은 부인할 수 없는 엄연한 현실적 상황이고, 그 현실 속에서 불가피하게 생기는 잡념·고민·피로·상처·질병·절망 등으로부터 받는 심리적 중압감과 괴로움, 신체적 고통 등이 바로 깨끗하지 못한 물이다. 그래서 그 피곤한 몸을 편안하고 조용한 곳에서 쉬게 하면서 복잡하고 괴로운 머릿속을 가지런히 함은 깨끗하지 못한 물을 맑게 침전시키는 행위이다.

깨끗하지 못한 물을 맑게 침전시켜 마실 수 있도록 하는 것처럼 깨끗하지 못한 심신을 가라앉혀 청정하게 하기 위해서는, 몸은 쉬게 하지만 마음을 움직이어 그 몸과 마음의 현상들을 통제해야만 한다. 그 통제의 핵심이 바로 자신의 뚜껑을 덮고 자신의 심신을 깨끗하고 안전한 곳에 옮겨 놓아 차분하게 가라앉게 하는 일이다.

물컵의 뚜껑을 덮어 두어야 외부로부터 이물질이 들어오는 것을 막을 수 있고, 가만히 놔두어야 불순물들이 가라앉아 맑은 물을 얻을 수 있듯이, 자신의 뚜껑을 덮고 자신의 심신을 가만히 놓아두어야, 다시 말해, 심신을 차분히 가라앉혀야 이물질 같은 잡념이 외부로부터 차단되고, 불순물 같은 내부 고민거리가 가라앉는다는 뜻이다. 말이야 이처럼 간단하지만 '심신을 차분하게 가라앉힌다.'는 것이 얼마나 어려운 일이던가. [이 문제에 대한 해결책에 대해서는「4. 심신을 차분히 가라앉히는 방법」에서 구체적인 내용을 확인할 수 있다.]

어쨌든, 노력해서 맑은 물을 얻었으면 그 물을 조심스레 마셔야 하는 것처럼, 차분하게 가라앉아 맑아진 자신의 심신을 마셔야 한다. 여기서 자신의 심신을 마신다는 것은, 맑아진 물속이 투명하게 보이는 것처럼 차분하게 가라앉아 맑아진 자신의 겉모습과 속모습을 두루 들여다본다는 뜻이다. 따라서 맑은 물을 마신다는 것은 투명해진 자기 자신을 들여다봄[自己 觀照] 이며, 그런 자신과의 일대일 대화를 나누는 일인 셈이다.

이처럼 명상한다는 것은, ①먼저, 몸과 마음을 차분히 가라 앉히고 ②맑게 가라앉은 물속이 투명하게 보이듯 떠오르는 자신의 모습을 들여다보는 일이며, ③필요에 의해서 스스로 선택한 화두에 대하여 사고력을 집중하는 일이다.

여기에서 ①을 강조하는 사람들은 '잡념을 가라앉히고 심신을 안온한 상태에 머무르게 하는 것'을 명상이라 할 것이고, ②를 강조하는 사람들은 높은 산위에 올라가서 저 아래 평원을 내려다보듯이 바로 자기 자신의 겉과 속을 들여다보는 '자기自己 관조觀照' 혹은 '자신과의 일대일 대화'가 곧 명상이라고 말하게 된다. 그렇듯, ③을 강조하는 사람은 각기 다른 개인적인 목적을 달성하기 위해서 선택한 '화두에 대한 사고력 집중' 곧 삼매三昧에 빠진 상태를 명상이라 할 것이다. [삼매에 대해서는 「9-4 삼매三昧에 대하여」에서 구체적인 내용을 확인할 수 있다.]

그러나 온전한 명상이란, 통시적으로 볼 때에 이 세 가지가 자연스럽게 단계적으로 이루어진다는 사실에 있다. 요체는, 물컵에 더 이상의 이물질이 들어오지 못하도록 뚜껑을 덮고, 내부 불순물이 가라앉도록 가만히 놔둠으로써 얻어진 맑은 물을 마시듯, 자신의 뚜껑을 덮고 자신을 조용하고 깨끗하고 안전한 곳에 놓아 청정해진 몸과 마음으로 지혜롭게 오래오래 살고자 함에 있는 것이다.

이 지구상에서 가장 아름다운 것이 있다면 그것은 바로 인간이다.
그러나 가장 추한 것 역시 다름 아닌 인간일 뿐이다.

－이시환의 아포리즘aphorism 61

명상 3단계

제1단계 : 몸과 마음을 차분하게 가라앉히는 과정 → 잡념 제거
제2단계 : 자기 자신의 겉과 속을 들여다보는 과정 → 자기 관조(觀照)
제3단계 : 화두에 대하여 사고력을 집중하는 과정 → 삼매(三昧)에 들기

어떠한 목적에서 명상을 하든지 간에 명상은 보통 3단계 과정을 거치게 되는데, 제1단계는 몸과 마음을 차분하게 가라앉히는 과정이다. 평소에 몸이 하는 말을 잘 귀담아 듣고, 몸의 불평·불만을 최소화시켜 주는 생활이 전제되어야 하지만 명상에 임해서는 현실적인 여건에 맞게 가장 편안한 자세를 취하되 불필요하게 움직이지 않고 몸 안의 기운을 다 빼어야 한다. 그리고 자신의 의지와 상관없이 떠오르는 잡념雜念을 차단하고, 있던 그것들을 가라앉혀야 한다. 그런데 그것이 결코 쉽지 않기 때문에 마치 명상의 몸통처럼 말해지는 것이다. 그 구체적인 방법에 대해서는 조금만 더 미뤄두자.

명상 제2단계는, 몸과 마음을 편안하게 한 상태에서 잡념을 어느 정도 가라앉히고 나면, 자연스럽게 떠오르게 되는, 그래서 생각할 수밖에 없는 대상 곧 자기 자신을 들여다보면서 대화하는 일이다. 자신의 겉모습으로부터 마음 씀씀이 곧 양심에 이르기까지, 자신의 하루 일상으로부터 말 못할 은밀한 고민에 이르기까지 뒤죽박죽 생각나게 되는데 이것들을 외면하지 말고 오히려 더 적극적으로 생각하는 과정을 가져야 한다. 자신에 대한 이해 없이 그 어떠한 잡념도 물리치기 어려울 뿐만 아니라 살아가는 동안에 생기는 모든 문제도 자신으로부터 나오고, 그 문제들을 해결해야 하는 주체 역시 다름 아닌 자기 자신이기 때문이다. 그래서 자기 자신의 겉과 속을 들여다보는 과정 곧 자기自己 관조觀照는 명상 수행의 가장 중요한 부분이 된다.

명상 제3단계는, 몸과 마음을 차분하게 가라앉히고 잡념을 물리치는 연습과, 자신을 들여다보는 연습을 꾸준히 하다보면 여유가 생기게 되는데 바로 그때부터 스스로 필요해서 선택하는 화두나 문제에 대한 사고력을 집중하는 과정이다. 그 화두나 문제는 자신의 관심사나 당면한 현실 상황으로부터 나오는 것이지만 자신의 처지나 여건이 반영되게 마련이다.

일단, 화두나 문제가 하나 선택·결정되었다면 그에 대해서만 사고력을 집중하여 그것의 본질을 나름대로 터득해가는 과정을 거치게 된다. 이때 사고력을 집중시킨다는 것은, 결국 머리를 굴리는 일인데, 기억을 떠올리고, 상상하고, 연상하며, 유추하고, 추론하는 등 가능한 모든 사유 활동이 이루어지며, 그 결과 생긴 낱낱의 판단들을 분류·분석·종합하는 능력까지도 다 동원되는 것이다. 이런 화두에 대한 생각의 집중이 일정 시간 혹은 일정 기간 지속된다. 이렇게 명상을 거친 화두가 하나하나 쌓이어 가면 비록 주관적인 사고 영역 안에서 이루어진 판단들이지만 나름의 인과관계와 어떤 질서에 의해서 체계를 갖추어 가게 된다. 동시에 그것들에 객관성이 부여되면서 지식체계로까지 발전하게 되는 것이다.

이처럼 명상은 원하든 원하지 않든 자연스럽게 단계를 거치게 되어 있고, 단계별 명상이 익숙해지면 그에 따라서 얻어지는 효과도 적지 않다. [명상의 효과에 대해서는 「7. 명상의 목적과 효과」에서 구체적인 내용을 확인할 수 있다.]

너를 볼 수 있는 가장 훌륭한 거울이 바로 나 자신이다.
―이시환의 아포리즘aphorism 18

심신을 차분히 가라앉히는 방법

4-1 잡념이란
4-2 잡념을 물리치는 방법
4-3 심신을 차분히 가라앉히기 위한 전제조건
4-4 화두 선택하기
4-5 경험적 화두의 예
4-6 지혜란 무엇인가

물이 든 컵이야 안전한 곳에 뚜껑을 덮어 가만히 놔두기만
하면 그 안에 든 불순물이 저절로 가라앉고, 외부로부터 이물
질이 들어오는 것을 차단할 수 있다지만 사람의 몸과 마음을
어떻게 차분하게 가라앉히는가? 그것은 참으로 어려운 일이지
만 심신을 그 컵이라 생각하고 컵을 놓듯이, 자신을 조용하고
안전하고 깨끗한 곳에 가만히 놔두어야 한다. 자신을 가만히
놔둔다는 것은 몸을 움직이지 않고, 몸과 마음의 욕구를 버리
고, 머리 쓰는 복잡한 일을 하지 않는다는 뜻이다. 간단히 말
해, 몸과 마음을 편히 쉬게 한다는 뜻이다.

그러나 쉬려고 해도 잠을 자는 상태가 아니기 때문에 현장에서 감각기관의 감각적 인식[知覺]이 본능적으로 이루어지고, 그 것과 관련하여 이미 기억·저장된 인식이 자신의 의지에 상관없이 떠오르게 마련이다. 이른바 '잡념'이다. 그래서 물컵 안의 이물질 같고 불순물 같은 그것들이 마음을 산란케 할 것이다.

그래서 쉬는 동안에도 잡념을 물리쳐야 하고, 가능한 한 고민이나 욕구 자체도 다 버려야 한다. 그저 있다면 부동不動·무념無念·무원無願의 상태로 편안하게 머물러 있어야겠다는 목적의식이 전제되어야 하고, 필요에 의해서 선택된 문제나 화두에 대해서는 마음이란 거울[心鏡]과 눈[心眼]으로써 보고 사유하는 한 가지 활동뿐이다. [마음의 거울과 눈에 대해서는 「11-1. '마음'이란 거울과 11-2 '마음'이란 눈」에서 확인할 수 있다.]

4-1 잡념이란

잡념이란 물리적인 충격으로 물컵이 흔들리자 떠돌아다니는 내부 불순물과 현장에서 새로이 추가로 들어오는 이물질 같은 것들로, 허락 없이 끼어드는 구름 같은 무작위 상념들이며, 크게 중요하지도 않고 당장 필요하지도 않은 통제를 벗어난 생각들이다.

잡념雜念이란, 크게 중요하지 않고 당장 필요하지도 않은 생각들이 뒤죽박죽 떠오르는 구름같이 피어오르는 상념 덩어리이다. 그것은 어떤 인과관계나 질서에 의해서 결속된 덩어리 곧 체계를 갖춘 생각이 아니기 때문에 자신의 의지와 상관없이 가볍게 떠돌아다니다가 사라지는 경향이 있다. 게다가, 현장에서 감각기관으로 지각되는 대상들과 관련된 이차적인 상념들도 가세하게 되는데 그것들은 대체로 마음을 어지럽히거나 산란케 하기 때문에 컵 안의 이물질이나 불순물 같은 존재로 빗대어 진다.

대개는 일상 속에서 끊임없이 주고받았던 자극刺戟과 그에 대한 반응反應들 가운데에서 자기도 모르게 각인刻印되었던 내용들이 저장되어 있다가[수면 아래로 가라앉아 있다가] 자신의 의지와 상관없이 떠오르는 생각들이 많고, 또 현장에서 자동적으로, 혹은 반사적으로 지각되는 대상과 관련된 내용들도 포함된다. 빗대어 말해, 컵이 흔들리자 그 안에 들어있던 불순물이 제멋대로 떠다니는 것과, 컵이 놓인 현장에서 컵 안으로 들어오는 컵 밖의 이물질 같은 것들인 셈이다.

그러므로 그것들은 주로, 좋은 것보다는 좋지 못한 기억들이 많고, 개인적인 욕구불만이나 수치감이나 모멸감 등을 느끼게 했던 아픈 기억들과 현장에서 반사적으로 지각知覺되는 대상들과 직간접으로 연관된 것이지만, 사실상 통제를 벗어난 불필요한 것들이 많다. 그래서 인과관계가 분명한 고민苦悶과는 엄연히 다르다.

이러한 잡념은, 무념무상無念無想과 안온함을 지향하는 마음을 어지럽게 하기도 하고, 한 가지 화두에 대한 사고력 집중을 방해하기도 하는, '허락 없이 끼어드는 무작위 상념들'인 셈이다. 따라서 심신을 차분하게 가라앉히기 위해서는 무엇보다 그 잡념부터 물리쳐야 한다.

4-2 잡념을 물리치는 방법

① 맑은 물을 마시기 위해서 물컵의 뚜껑을 덮어 깨끗하고 안전한 곳에 갖다 놓듯이 자신을 그러한 곳에 옮겨 놓고 심신을 최대한 이완시켜라.
② 할 일이 없거나 목적의식이 약한 사람에게 잡념이 많듯이 해야 할 일을 분명히 인지하고 정신을 집중하라.
③ 호흡의 통제와 반복리듬을 최대한 활용하고, 필요하다면 한 가지 생각에 몰두하라.
④ 한 가지 생각에 몰두하는 과정에서 가능한 '도구들'을 활용하라.
⑤ 한 가지 생각으로 자신과의 일대일 대화를 나누는 것이 그 무엇보다 우선이다.
⑥ 최악의 경우에는 '노동'이나 '운동'이라도 열심히 하라.

잡념을 물리치는 방법의 핵심인 즉 위 요약과 같다. 무엇보다 자신의 몸과 마음을 조용하고 안전하고 깨끗한 곳에 두고서 가장 편안하게 머물러 있어야 한다. 그리고 가능한 한 몸 안에 있는 기운을 빼어버리고 정신적인 긴장도 다 풀어버려야 한다. 이때 심신을 이완시켜 주는 '반복리듬'이나 활용 가능한 '도구'들이 있다면 적극적으로 활용하는 것도 좋다고 생각한다. 그리고 가능하다면 의미 있고 필요한 '한 가지 생각'에만 몰두하는 것이 효과적이다. 이 과정을 구체적으로 설명하자면 이러하다.

첫째, 자신의 심신을 탁한 물이 가득 담긴 컵이라고 생각하라. 컵 자체는 몸이고 그 안에 든 물은 마음이라고 생각하라. 그런 다음, 이 물이 든 컵을 조용하고 안전하고 깨끗한 곳에 가만히 올려놓듯이 자신을 그러한 곳에 가만히 놓아두라. 물론, 그러한 장소는 사람마다 다르겠지만 자기 기준과 자기 형편과 여건에 따라서 선택하면 된다. 참고로, 예수님은 골방이나 숲속이나 성전聖殿을 좋아하셨고, 부처님은 나무 밑이나 동굴 속이나 무덤이 있는 한적한 산천이나 농원農園 등을 좋아하셨다.

명상 장소가 선택되었다면 앉아서 앞[벽]을 바라보라. 아니, 육안으로 보지 않는 게 더 좋다. 눈을 뜨고 무언가를 보게 되면 그 대상이 지각되고 그로 인한 잡념이 더 생기기 때문이다. 차라리 지그시 눈을 감으라. 이때 앉는 자세도 가능하면 오래 앉을 수 있고, 몸에 무리가 가해지지 않는 가장 편안한 자세를 취하되 졸음이 몰려오는 자세만은 피해야 한다. 그러한 자세

역시 사람마다 상황에 따라 다름은 두말할 필요가 없다. 일반적으로, 널리 알려진 '가부좌'를 추천하고 싶고, 그것이 어려운 사람이라면 '반가부좌' 보다는 '양반자세'가 더 좋다. 이 양반자세조차도 취하기 어렵다면 기능성 '의자'에 앉는 게 좋다. 의자에 앉는 것조차 어렵다면 상체를 높이고 '침대'에 누워라. 여기에는 다 그럴 만한 이유가 있지만 근본적으로는 현실적 여건과 상황에 맞게 자세를 취한다는 것이 중요하다. 자세 때문에 명상이 되고 안 되고 하는 것이 아니기 때문이다.

어쨌든, 자신에게 맞는 자세를 취했다면, 몸 안에 깃든 긴장이나 힘이나 모든 기운을 쏙 빼어버려라. 어떠한 '지주목'이나 '지팡이'조차 다 내던져버린 것처럼 그대로 머물러 있으라. 조금 과장하자면, 조금만 바람이 불어도 금방 넘어질 정도로 심신이 최대로 이완된 상태가 되어야 한다는 뜻이다.

참고로, 부처님은 기원전 528년에 보리수 밑에 앉아서 '위 없는 깨달음'을 얻었다하여 그 자리에 보리수 씨앗을 심어 새로이 자라게 했고, 그 밑으로 붉은 사암을 갖다 놓았는데 그곳이 바로 부처님이 선정禪定에 들었다는 자리를 표시한 것이다. 오늘날은 이를 두고 '금강좌金剛座'라 부르며, 1882년에 복원해 놓은 보드가야의 마하보디템플 안에 있다.

둘째, 익숙해질 때까지만 호흡을 통제하라. 곧 코로써 들이마시는 숨과 내뱉는 숨을 일정하게 하되 자연스럽게 하라. 보통은 평상시보다 조금 길게 들이쉬고 길게 내뱉게 될 것이다.

물론, 처음에는 호흡을 일정하게 한다는 것조차도 무척 신경 쓰이는 일이 된다. 그러나 하다보면 자연스럽게 무시되어진다. 자신의 호흡을 일정하게 되풀이하다보면 그 반복리듬을 자기도 모르게 타게 되면서 심신이 조금씩 이완되어 갈 것이다. 만약, 이렇게 해도 잡념이 계속된다면 그 호흡의 숫자라도 마음속으로 헤아려 보라. 한번 들이쉬고 내뱉는 것까지 완료되면 '하나'라고 하되, 이어서 계속 헤아려 나간다. 그렇게 얼마까지 셀 수 있는지 확인해 가면서 매일 연습하라. 그러다보면 홀로 앉아 있는 시간이 습관이 되면서 점점 길어질 것이다. 그 시간이 길어지면서 호흡도 익숙해지고 상황에 맞게 그 길이가 자동적으로 조절될 것이다. 나중에는 호흡에 크게 신경 쓰지 않아도 자연스럽게 될 것이다.

참고로, 불경佛經 가운데 하나인 「좌선삼매경」에서는 '정신작용'으로 인한 '번뇌'를 물리치기 위해서 들숨과 날숨의 숫자를 헤아리며 마음속의 생각을 통제하는 '아나반나阿那般那삼매' 수행법을 설명하고 있지만 너무나 복잡하기 때문에 여기서는 생략한다. [좌선삼매경 · 정신작용 · 아나반나삼매 등에 대해서는 「9-1 좌선이란」에서 설명된다.]

<u>셋째,</u> 자신의 호흡수를 헤아려 나가도 잡념이 물러나지 않는다면, 똑 같은 방법으로 심장 뛰는 소리를 들으며 헤아려 보라. 심장 뛰는 소리를 들으며 그 수를 헤아리느라고 정신이 그곳에 집중되어 있기 때문에 다른 잡념이 끼어들 여지가 없어지

는 것이다. 그래도 여전히 잡념이 마음을 산란케 한다면 심신을 이완시켜주는 반복리듬을 호흡통제보다 더 강력한 것으로 선택해 사용할 필요가 있다. 예컨대, 상체를 앞뒤로 혹은 좌우로 가볍게 반복적으로 계속해서 움직이거나, 아니면 가만히 앉아서 염주를 굴리는 손동작을 끊임없이 일정한 속도로 취하면서 그 숫자를 헤아리는 것이다.

이런 동작이나 행위가 유치하고 무의미한 것이라 생각될 수도 있지만 결코 그렇지가 않다. 이것은 어디까지나 방편으로 분산되는 주의를 한곳으로 모아 다른 생각들을 떠오르지 못하게 하는 효과가 분명히 있기 때문이다. 물론, 이런 동작들을 무조건 처음부터 끝까지 계속하라는 뜻은 아니다. 앉아서 명상을 하다보면 필요할 때가 자연스럽게 결정될 것이다.

이러한 명상연습을 처음 5분에서 10분으로 늘리고, 10분에서 20분으로, 20분에서 30분으로, 30분에서 45분으로, 45분에서 60분까지 늘려 나가보라. 어느 날, 내가 한 시간 동안이나 조용히 혼자서 앉아 있었다는 사실에 스스로 놀라게 될 것이다. 게다가, '한 시간이 이렇게 빨리 지나갔느냐'고 시계를 의심하게 되는 날도 있을 것이다. 그러나 60분 이상은 권장하고 싶지 않다. 그 이유는 이 책을 다 읽게 되면 자연스럽게 이해될 것이고, 또한 명상 수행 경험을 통해서 스스로 깨닫게 될 줄로 믿는다.

넷째, 60분 동안 홀로 앉아있는 일은 성공했지만 잡념이 여전히 물러나지 않았다면 물컵의 '뚜껑'을 덮어두듯, 비가 올 때에 비를 피하기 위해서 '우산'을 펼치듯, 자신만의 뚜껑을 덮고, 자신만의 우산을 활짝 펴라. 그것은 다름 아닌, 잡념을 물리치고자 할 때에 궁여지책으로서 마지막 수단이 되는, 자신만의 '화두'를 꺼내 활짝 펼치는 일이다. 곧 스스로 선택한 화두에 대해서만 사고력을 집중시키는 일이다. 이것이 바로 비를 피하기 위해서 펼치는 '우산'과 같은 것이고, 물컵을 덮어두는 '뚜껑'과도 같은 것이 된다. 잡념인 비가 쏟아지면 우산을 펴서 그 비를 피해야하듯이, 물컵 안으로 이물질이 내려앉는 것을 피하려면 그 뚜껑을 덮어 두어야 하듯이 홀로 앉아있는데 잡념이 가라앉지 않는다면 차라리 '한 가지 특별한 문제나 관심사인 화두'에 대해서 사고력을 집중시킴으로써 불필요한 잡념들이 끼어들 여지를 제거해 버리는 것이다. 물론, 스스로 선택한 화두가 무엇이냐에 따라서 그 효과의 정도가 다를 수 있다는 점을 전제해 두어야 한다.

다섯째, 마지막 처방인 화두라는 우산을 펼쳤어도 비를 피할 수 없었다면 차라리 자신의 심신을 편안하게 해주는 '그림'이나, 어떤 숨은 의미가 들어있는 '도형'이나, 어떤 의미가 깃든 '상징물'을 걸어 놓고 그것만을 바라보며 그 숨은 뜻을 생각하는 것도 한 방편이 될 수 있다. 예컨대, 십자가를 앞에 놓고 예수의 고난이나 가르침을 떠올리면 잡념이 쉽게 끼어들지 못하는 이치와 같다. 아니면, 자신이 좋아하는 음악을 듣고 생각하는 일을 즐기라. 그렇게 홀로 있는 시간을 즐기다 보면 심신이 이완되면서 여유가 생기는데 그런 일이 익숙해지면 그때 자신을 즐겁게 했던 음악이나 그림이나 도형 등을 삭제하듯 빼어버리고 그 자리에 다른 것을 갖다 놓을 수도 있다. 이렇게 해서 집중력을 키워나가는 것이다. 집중력이 커지면 커질수록 잡념의 입지가 약해지기 때문이다.

참고로, 불교나 힌두교나 요가 수행자들이 화두에 대한 정신집중을 위해서 '만다라'라는 그림이나, '얀트라'라고 하는 선형도형이나, '만트라'라고 하는 진언眞言과 주문呪文이나, '다라니' 암송 등을 활용하기도 하지만 다 같은 원리에서 나온 것일 뿐이다.

여섯째, 이도저도 효과가 없는 사람들은, 다시 말해, 도무지 정신집중이 되지 않고 잡념에 시달리는 사람들은 차라리 자리에서 일어나 자신과 타인에게 이득이 되는 '노동勞動'을 하거나 '운동'을 하라. 집안에서라면 화장실 청소를 한다든가, 아니면 책장에 먼지를 닦는 일이라도 하라. 그것도 이왕이면 열의와 성의를 다해서 즐거운 마음으로 하라. 그러려면 일하는 자세나 마음가짐이 중요한데 '모두가 하고 싶지 않은 일을 차라리 내가 해서 가족들을 기쁘게 하리라'라고 그 의미를 부여하라. 그 시간만큼은 잡념으로부터 벗어나 있을 것이다. 이처럼 노동을 통해서 어느 정도 잡념이 없어지게 되면 그 일을 바꾸어 가면서 계속하라.

이런 노동조차 하기 싫다면 '운동'을 하라. 운동을 하더라도 운동 목적을 분명히 하고서 그 목적을 달성할 수 있도록 구체적인 동작에 집중하라. 그렇게 반복 연습을 하다보면 잡념에 시달리는 시간보다 노동이나 운동을 하는 시간이 많아지면서 잡념으로부터 벗어날 수 있을 것이다. 이런 변화를 인지하는 사람이라면 점진적으로 몸을 움직이지 않고서도 마음속으로 사고력을 집중시켜 나갈 수 있으리라 본다. 이 노동과 운동은 가만히 앉아서 잡념을 물리치지 못하는 사람들이 궁여지책으로 하는 차선책일 뿐이다. 눈코 틀 새 없이 바쁜 사람들에게 상대적으로 잡념이 적다는 사실이 뜻하는 바를 새기어 볼 필요가 있다.

이상에서 잡념을 가라앉히거나 물리치는 여러 가지 방법들을 설명했지만 무엇보다 중요한 것은 자신에게 맞는 방법을 선택하되 지속적인 연습을 해야 한다는 점이다. 비록, 명상한다고 앉아있는 동안 잡념이 계속되었어도 그 속에서 잡념과 대응하며 조용히 홀로 앉아있었다는 사실이 중요하며, 오늘 2분이 내일 5분이 되고, 내일 5분이 모래 10분이 될 수 있음을 명심하라. 인간은 상황에 따라 적응하는 능력을 지닌 '가소성可塑性의 존재'이므로 어떠한 상황을 만들고 그 안에서 적응하도록 유도해 보는 연습의 효과를 무시할 수 없다. 연습에 의해서 변하는 자기 자신을 확인해 가며 자신의 잠재능력을 적극적으로 이끌어내는 것이 명상의 한 기술이자 목적 가운데 하나임에 틀림없다.

4-3 심신을 차분히 가라앉히기 위한 전제조건

> ① 불필요한 욕심을 줄이고,
> ② 가능한 한 단순하게 살며,
> ③ 매사에 만족하며 감사하는 마음을 내야 한다.

심신을 차분히 가라앉힌다는 것은, 몸과 마음을 편안하고 안
온한 상태에 머물게 하는 일이다. 심신이 안락하고 평온한 상
태에 머문다는 것은, 신체적으로는 기능장애가 전혀 없는 상태
에서 대부분의 활동을 중지하거나 쉬게 하는 것이고, 설령, 기
능장애가 있다 하더라도 그것을 느끼지 못할 정도로 편안히 머
물러있는 상태를 유지함이다. 그리고 정신적으로는 마음을 심
란케 하는 근심걱정[苦悶]이나 산란케 하는 잡념조차 다 물리쳐
온갖 불순물이나 이물질이 가라앉은 물처럼 고요한 상태에 머
무름이다. 그래서 몸과 마음이 최대로 이완되어 심장박동수가
느려지고 호흡도 느긋해진 상태이지만, 감각적 지각 능력만은

상대적으로 예민해져 있는 상태를 유지함이다. 그래서 잠자는 상태와는 다른 것이며, 화두에 대한 사유 활동을 할 수 있는 것이다.

문제는 그러한 상태에 진입하거나 유지하기 위해서 절차에 따라 노력한다 해도 무조건 다 이루어지는 것이 아니라는 점이다. 잡념은 어느 정도 물리칠 수 있다지만 고민은 문제가 해결되기 전에는 물리치기가 어렵기 때문이다. 잡념과 고민 등으로부터 벗어나 심신을 안온하게 하려면 아주 근원적인 전제조건이 있고, 그 조건부터 만족시켜야 쉽게 이루어진다. 그 전제조건이란 평상시 삶의 태도이자 지혜로서 활동 범위와 강도[치열함의 정도]와 효율성 등을 결정해 주는 요소들로 ①불필요한 욕심을 줄이고, ②가능한 한 단순하게 살며, ③매사에 만족하며 감사하는 마음을 내야 한다는 것 등이다.

여기에서 욕심을 줄인다는 것은, 삶의 목표를 낮추거나 활동을 줄여서 일을 적게 하라는 뜻이 아니다. 그것은 내야할 욕심과 내지 말아야 할 욕심을 분별함이며, 자신의 능력을 고려하지 않은 채 집착하는 상황을 만들지 말라는 뜻이다. 쉽게 말해, 능력이 되지 않는데 무리하게 집착함으로써 자신의 건강을 잃는지조차 지각하지 못하는, 어리석은 상황으로 자신을 내몰지 말라는 뜻이다.

그리고 단순하게 산다는 것은, 불필요한 활동으로 에너지를 분산시키지 말라는 뜻이며, 같은 일을 하더라도 합리적이고 효율적으로 하라는 뜻이다. 여기에는 당연히 지식과 그것의 활용인 지혜가 필요하다.

그리고 만족하며 감사한 마음으로 산다는 것은, 성취하지 못했다 해서 화를 품지 말고, 오늘 살아있음을 최대의 축복으로 여기고, 꼭 신이 아니어도 하늘에게든 자신에게든 이웃에게든 감사하는 마음을 내라는 뜻이다. 설령, 스스로 노력해서 이루었더라도, 아니면 우연히 이루어졌더라도 감사한 마음을 내는 것이 좋다.

이러한 세 가지 조건을 먼저 만족시키면 매사에 긍정적인 태도가 나오게 되고, 일의 효율성이 또한 높아지며, 동시에 낙천적으로 변하게 되면서 근심걱정이 크게 줄어들 것이다. 이것이 바로 심신을 차분히 가라앉히는 일에 도움이 되는 근원적인 밑바탕이 되는 것이다. 간단히 바꾸어 말하면, 욕심이 많으면 근심걱정이 많아지게 마련이고, 근심걱정이 많으면 심신이 산란해지는 법이다.

인류가 욕구를 자제하지 않는다면 악어를 삼킨 비단뱀과 다를 바 없으리라.
ㅡ이시환의 아포리즘aphorism 56

4-4 화두 선택하기

① 자기 최대 · 최고의 관심사로 선택하되
② 가능한 한 자신의 심신을 느긋하고, 편안하고, 깨끗하게 하는 내용이어야 하며
③ 가능한 한 삶의 지혜를 샘솟게 하는 '진리'로 귀결되는 문제로 선택함이 좋다.

곰곰이 생각해야 할 명상의 대상으로서 화두를 무엇으로 할 것인가는 대단히 중요하다. 명상 목적을 효과적으로 성취할 수 있느냐 없느냐가 달려 있기 때문이다. 따라서 명상의 목적이 먼저 분명해야 하고, 그 목적을 성취할 수 있는 '적절하고도 효과적인' 것으로 화두가 선택되어야 한다. 여기서 적절함이란 명상자의 수준에 걸맞아야 한다는 뜻이고, 효과적임이란 명상 목적에 부합되는 것이어야 한다는 뜻이다. 예컨대, 부처님께서는 지나친 욕심이나 음욕淫慾이 많은 사람들에게는 인간 몸의 더러움[不淨]과 덧없음[無常]을 생각하라 했고, 화를 잘 내는 사람들에게는 자비심과 이타심을 생각하며 실제로 내라 했으며, 어리석은 사람들에게는 대자연의 인과관계에 따라 나타나는 제 현상들을 관찰하고 그 인연因緣에 대해서 생각하라 했다.

이처럼 화두는 명상 목적에 부합되는 것으로 하되, 가능한

한 자기 자신에게 꼭 필요한 것이어야 하고, 결과적으로도 유익한 것이어야 한다. 단, 자신에게 필요하고 유익한 것일지라도 자신의 불필요한 욕심을 부추기는 것과 자신의 머릿속을 더욱 복잡하게 만들면서 마음을 산란케 하는 것들은 피해야 한다. 대개, 고민이나 잡념의 자리에 화두가 놓여 사고력을 집중할 수 있도록 자기 최대·최고의 관심사로 선택해야 되겠지만 가능한 한 자신의 몸과 마음을 느긋하게 하고, 편안하게 하고, 깨끗하게 하는 쪽으로 선택해야 할 것이다. 물론, 그것 또한 사람마다 다를 수밖에 없을 것이다. 개인의 관심, 기호, 지식의 양이나 깊이, 정보를 분석·종합하고 활용하는 능력인 지혜 등이 다 다르기 때문이다.

그러므로 화두 선택은 개인에 따라 결정되겠지만 경험 많은 사람에게서 도움을 받는 것도 좋다고 생각한다. 잘 선택된 화두라면 그것에 자신의 관심이 쉽게 쏠릴 것이고, 사고력이 또한 쉽게 집중될 것이며, 명상의 결과가 자신에게 유익함을 가져다줄 것이다. 그 유익함이란, 화두에 빠져서 다른 잡념들이 끼어들 틈이 없어지고, 화두에 대한 생각 자체가 자신의 삶에 어떠한 형태 어떠한 방식으로든 발전적인 방향에서 영향을 미친다는 뜻이다.

선택되는 화두에 따라 이루어지는 명상의 유익함을 보장받기 위해서라도, 화두는 자신의 당면문제나 관심사 가운데에서 자연스럽게 선택되겠지만, 장기적인 안목에서 삶의 방향이나 방법을 결정해 주는 근원적인 문제까지도 선택되어질 수 있다. 대개, 화두는 한두 차례의 명상으로 해결되는 문제라기보다는 오랫동안 지속적으로 생각해 보아야 할 근원적인 문제가 많기 때문이다.

따라서 삶의 지혜를 샘솟게 하는 '진리'로 귀결되는 문제들로 화두를 삼음이 좋다고 생각한다. 부처님의 경우, 산다는 것 자체를 고해苦海로 여겼기에 그 고통이 어디로부터 오는 것이며, 어떻게 풀어야 하는지를 수행 중 최대 관심사로 여겼던 것이고, 그래서 자연스럽게 인간 존재의 '몸'과 '마음'에 대하여 궁구窮究했던 것이다.

4-5 경험적 화두의 예

① 삶이란 무엇인가?
② 죽음이란 무엇인가?
③ 신(神)은 존재하는가?
④ 신은 인간에게 무엇을 요구하는가?

나는 잡념을 가라앉히기 위해서라기보다는 사춘기 방황 시절부터 오랫동안 '삶이란 무엇인가?'가 상당히 큰 관심사였다. 그리고 '그것의 끝, 죽음이란 무엇인가?'로 자연스럽게 옮아갔었다. 이 두 가지 화두에 대한 답이 보이기 시작하면서부터 다소 여유가 생기면서 '신은 존재하는가?' 내지는 '신은 인간에게 궁극적으로 무엇을 요구하는가?'로 그 관심사가 바뀌어갔다. 이 과정을 소개하기로 하면, 최소한 두툼한 책이 한두 권쯤은 될 것이다. 그 책들에 담길 내용을 여기에 단 한두 페이지로써 줄여 말해 보겠다.

하루 24시간 동안 벌어지는 자신의 삶을 떼어내어 도마 위에 올려놓고 낱낱이 헤쳐서 살펴보는 것처럼 자기 삶을, 자기 일상을 들여다보아야 한다. 어차피, 천년을 살고 만년을 산다 해도 그 24시간 동안에 이루어지는 활동의 반복이거나 그 연장선상에 지나지 않기 때문이다. 게다가, 나의 하루 24시간의 삶은 다른 사람들의 그것과 별반 다를 바 없기도 하다.

그 대동소이한 인간 삶을 한 마디로 줄여서 말한다면, ①손발을 움직이고 ②허리를 휘고 ③머리를 굴리는 일이다. 여기에 한 가지가 더 있다면 그저 ④먹고 자는 일일 것이다. 우리의 어떠한 활동도 다 여기에 속하는 일들이다. 여기에 속하지 않는 일이 있다면 지금 말해 보라. 나는 없다고 생각한다.

그렇다면, ①손발을 움직이고 ②허리를 휘고 ③머리를 굴리고 ④먹고 자는 일이란 결국 무엇이며, 그런 일을 왜 하는가? 그에 대한 대답은 아주 간단하다. ⑤생명체로서 갖게 되는 개

개인의 욕구를 충족시키는 일에 지나지 않는다. 결과적으로 산다는 것은, 위 ①+②+③+④=⑤인 셈이다. 우리의 그 어떠한 활동도 각자 자신의 욕구 충족활동이라는 사실에서 벗어나지 않는다는 것만은 진리 중에 진리라고 생각한다.

다시 그렇다면, 우리는 고작, 자기 자신의 욕구를 충족시키기 위해서 부단히 머리를 굴리고, 손발을 움직이고, 허리를 꺾고 휜다. 그것도 부족하여 경쟁하며, 경우에 따라서는 '죽기 아니면 살기로' 싸우듯 살아간다. 그러는 과정에서 우리는 긴장하고 불안해하며, 고생하고 병마에 시달리며, 후회하고 뉘우치면서 늙어 죽는 것이다. 이런 과정의 개개인의 욕구충족 활동이 서로 충돌하면 싸움이 되듯이, 큰 조직이나 국가나 민족의 욕구가 충돌하면 전쟁이 된다. 인간의 삶이 고작 개인의 욕구충족활동이듯이 인류사나 세계사도 따지고 보면 국가나 민족의 욕구충족활동의 역사일 뿐이다. 단적으로 말해, 욕망의 역사이고, 욕구 충돌의 역사일 뿐이라는 뜻이다.

이 같은 사실을 잘 알게 되면서부터 '어떻게 살아야 하는지'에 대한 답이 보이기 시작했다. 그 답이란, 내가 먼저 욕구를 줄여서 갖는 것이 나의 고민을 덜고 나의 잡념을 덜고 경쟁자와 싸우는 과정에서 생기는 긴장과 피로와 사고를 피할 수 있다는 것이다. 그렇다면, 문제는 그 욕구충족활동의 수위 곧 정도 조절 문제만 남게 된다. 이것을 적절히 잘 통제하는 사람을 두고 소위 '지혜롭다' 하는 것이다.

그러나 한 가지 분명히 알아야 할 것이 있다. 그것은 사람을 무모하게 만들고, '죽기 아니면 살기'로 내모는 인자가 있다면 그것은 바로 '상대적 우월성을 확보하려는 욕구'이다. 인간이 가지는 욕구 중에서 가장 무서운 욕구이다. 다 같은 조건, 같은 입장이라면 불평불만 없이 그런대로 살 수 있고, 또 살아가는 게 보통이다. 그러나 그 조건과 입장이 같지 아니하면 경쟁하기 시작하고, 경쟁하면서부터 불안과 긴장국면이 조성되고, 그 끝은 패배자의 '절망'이거나 승리자의 '오만'이고, 그들 사이에 충돌이 있을 뿐이다.

이런 의미에서 본다면, 명상을 한다는 것은 결국, 자기 욕구 통제이고, 그 욕구 통제는 부분적으로 현실 외면이요, 도피이기도 하며, 동시에 타협이기도 하다. 그리고 자기 심신의 무사안일만을 도모하는 일종의 잔꾀[꼼수]라고도 폄하될 수도 있다. 그러나 명상을 통해서 생사生死의 본질을 바로 알게 되면 자기 일신상의 안위를 추구하는 것으로 그치는 것이 아니라 자기 생명의 꽃을 활짝 피워서 이웃사람들에게 어떠한 형태로든 즐거움과 도움을 주려고도 한다. 살면서 그보다 더 큰 의미가 없다는 것을 깨달아 알기 때문이다.

이쯤 되면, 여유가 생기어 신神이란 존재로 관심사 내지는 문제의식이 자연스럽게 옮아간다. 나는 개인적으로 이 신의 문제를 풀기 위해서 가장 길고 가장 치열하게 연구하고 고민하고 사색해 왔다. 그 과정에서 성지를 순례하고 경전들을 탐독·분석하고 종합하면서 글을 써왔지만 그 결과가 바로『예수교의 실상과 허상』이란 900여 페이지 분량의 책으로 남았다. 솔직히 말해, 이 책을 쓰는 동안은 잡념이나 잡사가 끼어들 여지가 없었으며, 오히려 과도한 정신집중으로 주야가 구분되지 않았었다. 그래서 많은 새로운 문제들이 야기되기도 했다. 생체리듬이 깨어지고 몸을 거의 움직이지 않아서 생기는 부작용도 있었다. 아무리 좋은 것이라도 지나치면 문제가 된다는 사실을 절실하게 깨달았던 것이다.

4-6 지혜란 무엇인가

지혜란 사실에 대한 단순한 기억이 아니라 기억된 사실 곧 경험 · 지식 · 정보들에 어떤 상관성이나 질서를 부여하면서 실생활에 적용하고 활용하는, 지식의 본질에 대한 통찰력이자 응용력이다.

소위, 배웠다고 하는 지식인들 사이에서는 '지식知識'과 '지혜智慧' 구분하기를 좋아한다. 동시에 양자의 본질이 전혀 다른 것으로 여기기도 한다. 일방적으로, 그렇게 교육받았기 때문인데 양자 사이에는 아주 '긴밀한' 관계가 있다. 그 긴밀성을 하나의 예를 통해서 설명해 보겠다. 곧, 우리 조상들은 청국

장을 만들어 먹을 때에, 콩을 불려 푹 삶은 뒤에 콩나물시루나 소쿠리나 나무상자 등에 옮겨 담아 자연발효를 시키었는데, 이때 삶은 콩이 잘 발효되라고 그릇 밑에 꼭 볏짚을 깔았다. 볏짚 밑 부분에는 콩을 띄우는 납두균納豆菌이 많기 때문이다. 우리 조상들이 이 같은 사실을 분명히 배워 알고 그랬는지는 알 수 없지만 경험에서 터득했을 가능성이 매우 높다. 그런 우리 조상들을 두고 우리는 '지식이 많다'고 말하지 않는 대신에 '지혜롭다'라고 말한다. 우리가 관찰 · 연구 · 경험 · 교육 등을 통해서 얻게 되는 사실에 대한 인지認知나 판단이나 그것의 체계를 지식이라 한다면, 그 지식의 적절한 활용이 곧 지혜라는 뜻이다. 그래서 지식을 단순히 많이 보유하고 있는 지식의 부자인 사람과 적은 지식을 갖고도 생활 속에서 잘 활용하는 지혜로운 사람은 엄연히 다를 뿐 아니라 구분되어지는 것이다.

그러나 지혜도 경험이나 지식에 기반을 두고 있다는 사실만은 부정될 수 없다. 그렇듯, 몰랐던 사실을 새로이 알게 되면 '신지식'이 되지만, 그 신지식도 많은 사람이 널리 알게 되면 '지식'이 되었다가 이내 낡은 지식 곧 '상식'으로 전락된다. 지혜란 그 상식이나 지식이나 신지식 등을 적용하거나 응용하여 자신의 실생활에 도움이 되도록 활용하는 머리인 셈이다. 따라서 지혜란 사실에 대한 단순한 기억이 아니라 기억된 사실 곧 경험이나 지식이나 정보들에 어떤 상관성이나 질서를 부여하면서 실생활에 적용하고 활용하는, 지식의 본질에 대한 통찰력이자 응용력인 것이다.

물에 비친 자신의 모습 들여다보기

5-1 자기 관조(觀照)의 의미
5-2 자기 관조 방법

　컵 안으로 바깥 이물질이 들어오지 못하도록 차단되고, 내부 불순물이 침전되어 맑은 물이 고이게 되면 그 맑은 물속이 투명하게 보이는 것처럼, 자신의 몸과 마음이 차분하고 깨끗하게 가라앉아 있으면 비로소 떠오르는 자신의 모습을 스스로 들여다볼 수가 있다. 그 맑고 고요한 물은 마치 거울과 같아서 스스로 그 겉과 속을 두루 다 비쳐주듯이, 맑고 고요하고 깨끗하게 가라앉아 있는 몸과 마음은 투명해지어 스스로를 비추어 볼 수 있게 한다. 눈을 지그시 감기만 하면 자신의 몸과 마음이 그대로 떠올려지기 때문이다. 그 떠올려진 자신의 겉과 속 모습을 두루 들여다보는 일이 곧 자기 관조이고 자신과의 일대일 대화이며, 이는 명상 제2단계로서 대단히 중요한 몸통에 해당한다.

5-1 자기 관조의 의미

자기 관조란 '마음이라고 하는 거울'에 자신의 겉모습과 속모습을 차례로 떠올려 놓고, '마음이라고 하는 눈'으로써 두루 들여다보는 일이다. 따라서 관조는 유형적인 대상을 있는 그대로 살피어 인지하는 '관찰(觀察)'과 무형의 대상을 살피어 인지하고 시비를 가리어 생각하는 '성찰(省察)'을 포함한다.

물이 맑으면 그 속이 드러나 보이는 것처럼 사람의 몸과 마음이 맑게 가라앉으면 그 속이 드러나 보인다. 아무런 근심걱정 없이 조용히 머물러 있을 때에 눈만 지그시 감으면 자신의 머리털 끝부터 발톱까지 다 떠오른다. 마음의 거울이라 이름 붙였던 이마의 정중앙쯤에 말이다. 그곳에 맺힌 자신의 모습[像]을 마음이란 눈으로써 하나하나 들춰내듯 읽어나가는데, 가능한 범위 내에서 그 모양새를 식별하고, 그 기능들을 인식하며, 두드러진 특징들을 인지해 나간다. 이것이 자기 외형에 대한 관조이다.

그렇듯, 자신의 행동양식이나 성격이나 기질이나 순간순간 변하는 기분까지도 하나하나 떼어내어 읽어나갈 수 있다. 심지어는 자신의 마음이 움직이는 것까지도 읽을 수 있다. 이것이 자기 내면에 대한 관조이다.

이처럼 자기自己 관조觀照란 '마음이라고 하는 거울'에 자신의 겉모습과 속모습을 차례로 떠올려 놓고, '마음이라고 하는 눈'으로써 두루 들여다보는 일이다. 따라서 관조는 유형적인 대상을 있는 그대로 살피어 인지하는 일인 '관찰觀察'과 무형의 대상을 살피어 인지하고 시비를 가리어 생각하는 일인 '성찰省察'을 포함한다.

이러한 자기관조를 통해서 있는 그대로의 자기 자신의 정체성을 객관적으로 인지ㆍ재확인하게 되고, 그럼으로 인해서 많은 것들이 변화하게 된다. 곧, 오만했던 사람이 겸손해지며, 포악했던 사람이 너그러워지고, 무능력했던 사람이 능력자가 되며, 소극적인 사람이 적극적인 사람으로, 비관적인 사람이 낙천적인 사람으로 바뀌게 되는 것이다. 이런 극단적인 변화를 일으키는 원동력이 있다면 자기관조에 수반되는 자기발견과 자기반성과 자기교정이라는 절차이다.

이러한 맥락에서 보면, 자기 관조는 분명 자기계발과 발전과 성숙에도 도움이 된다. 그래서 꾸준히 자기를 관조해온 사람과 그렇지 못한 사람과는 적지 아니한 차이가 있게 마련이다. 하루하루의 삶이 다를 수밖에 없듯이 자기를 관조하는 사람이 생각을 해도 더하고 일을 해도 더 열심히 합리적으로 할 것이기 때문이다. 뿐만 아니라, 자신에 대한 이해를 통해서 타인에 대한 배려와 너그러움을 발휘할 수 있는 힘도 더 많이 갖는다.

그러나 보다 근원적인 힘은 자기 자신의 욕구나 감정 등을 제어하는 요령이 터득되어 스스로 마음의 평온을 누리게 되고, 그 여유가 바로 타인에게로 전해지어 나타난다는 사실에 있다 할 것이다.

5-2 자기 관조 방법

① 자신의 외형[겉모습]을 떠올려보는 과정
② 몸의 복잡한 구조와 유기적 기능을 떠올려보는 과정
③ 자신의 내면 곧 성격·기질·인품·관심·취미·특기·지적 능력 등 정신적인 요소를 하나하나 떠올려보는 과정
④ 지금껏 살아오면서 자신에게 아주 중대한 의미를 안겨 주었던 '사건'이나 '계기'가 있었다면 기억창고에서 그것을 먼저 들어내어 확대시켜 재생해 보는 과정
⑤ 상황에 따라 수시로 변하는 감정과 그것의 기복에 따라 춤을 추는 '말'과 '행동'을 따로 떼어내어 특별히 관찰하고 성찰해보는 과정

자기 자신을 들여다보는 <u>첫 번째</u> 방법으로는, 자신의 외형 [겉모습]을 떠올려보는 과정이다. 몸과 마음을 차분히 가라앉히고 눈을 지그시 감고서 자신의 발톱으로부터 머리털까지 하나

하나 다 떠올려보라. 이목구비 · 체형 · 걸음걸이 · 인상 · 복장 · 기타 신체상의 특징들도 조목조목 떠올려보라. 물론, 이 과정에는 평상시 자기 몸에 대한 관심이나 관찰 능력이 반영된다. 실제로 자기 모습을 보려면 거울 앞에 자주 서야겠지만 '마음이란 거울'은 언제 어디서든 지그시 눈만 감으면 된다.

두 번째 방법으로는, 몸의 복잡한 구조와 유기적 기능을 떠올려보는 과정이다. 여기에서는 인체의 해부학적 지식이 동원되어야 하지만 어디까지나 각자 주어진 조건과 가능한 범위 내에서 오장육부의 모양새와 기능 등을 생각해 보며, 그 기관들 간의 유기성을 생각해 보는 것이다. 동시에 나이를 먹으면서 생기는 신체상의 변화를 살펴보고, 혹 기능 장애는 없는지 살펴보고 생각해 보라. 그야말로, 자신의 하드웨어를 요모조모 뜯어보는 일이다. 사실, 인체의 복잡한 구조와 유기적인 기능들을 알게 되면 너무나 신비롭고 너무나 경이로워 '작은 우주'라 할만하다. 물론, 이를 체감하려면 의학적 지식이 많아야 하고, 그 지식에 대한 나름의 새김 곧 사유가 있어야 한다. 물론, 이것은 하루아침에 이루어지는 것이 아니라 지속적인 노력에 의해 이루어진다.

세 번째 방법으로는, 자신의 내면 곧 성격 · 기질 · 인품 · 관심 · 취미 · 특기 · 지적 능력 등 정신적인 요소를 하나하나 떠올려보는 과정이다. 사실, 자신의 내면적인 모습은 형태가 없을 뿐 아니라 사실상 이미 '굳어졌거나 타고난' 자기 자신을 들여다보는 일과 다를 바 없기 때문에 잘 분별되지 않는 경향이 있다. 예컨대, 평소 사소한 일로 화를 잘 내는 사람이 자신을 들여다 볼 때에는 자기가 그렇게 화를 잘 내는 사람이라는 사실을 쉽게 지각하지 못하고 받아들이지도 않는다는 뜻이다. 그래서 다른 사람들로부터 여러 차례 지적을 받기 전에는 자신이 그런 사람임을 인정하려 들지 않는다. 간단히 말해, 어렸을 때부터 이기적인 사람은 어른이 되어서도 이기적일 확률이 매우 높듯이 심성이 착한 사람은 늙어서도 착할 확률이 높다는 사실과도 무관하지 않다.

따라서 자신의 내적인 모습을 제3자의 시각에서 객관적으로 성찰하려면 자기 자신을 떠올려 들여다보되 타인처럼 보아야 하는데, 그러기 위해서는 '보는 주체인 자신'과 '보이는 객체인 자신'을 완전히 '유리遊離'시켜야 한다. 유리시키는 방법인 즉 눈을 감고 자신과 가까운 이웃사람들을 동일 선상에 놓고 비교해 보거나 아니면 평상시 자신의 마음씨와 마음결에 대해서 잔잔한 호수를 바라보듯 들여다보아야 한다. 특히, 신체적·정신적 고통에 시달리는 사람들에게는 이 '유리'가 대단히 중요하다. 예컨대, 항암치료 등으로 고통 받는 사람들은, 그 고통이 극에 달할 때에 혹은 고통이 엄습할 때에 홀로 앉아서 '그래, 나를 또 찾아왔느냐? 어디, 나를 고통스럽게 괴롭히려면 괴롭혀보라. 아니, 나를 죽이려거든 죽여보시라. 나는 네게 관심도 없고 내 죽음조차 더 이상 두렵지도 않다.'라고 중얼거리면서 자신에게 암시를 거듭해서 주는 것이다. 그러면서 자신은 아프지 않은 사람처럼 자신의 고통을 무시·외면하고, 아주 높은 설봉에 의연하게 앉아있는 상상속의 초인을 떠올리고 그와 자신을 오버랩 시키면서 동일시해보라. 이런 상상의 과정만으로도 어느 정도 심리적인 압박이나 신체적 고통을 상쇄시킬 수 있으며, 이런 과정이 반복되면서 놀랍게도 생리적인 변화를 이끌어낼 수도 있다고 본다. 유리 혹은 격리, 보이는 자신[관찰대상]과 보는 자신[관찰자]을 서로 떼어 놓는 것은 자기 관조에서 대단히 중요하다.

네 번째 방법으로는, 지금껏 살아오면서 자신에게 아주 중대한 의미를 안겨 주었던 '사건'이나 '계기'가 있었다면 기억창고에서 그것을 먼저 들어내어 확대시켜 재생해 보는 과정이다. 만약, 자신에게 그런 특별한 일이 없다면 자신의 하루 일상을 처음부터 끝까지 녹화된 필름을 통해서 보듯이 아침부터 저녁까지 있었던 일들을 그대로 떠올려보라. 어떤 상황이나 경우에 따라 무엇을 어떻게 했는지 하나하나 따져보듯 재확인해 보는 과정을 통해서 잘한 점과 잘못한 점, 즐거웠던 점과 괴로웠던 점, 자랑스러웠던 점과 부끄러웠던 점 등을 가려내보고, 그것들의 인과관계 곧 원인과 과정과 결과를 생각해보는 것이다.

다섯 번째 방법으로는, 상황에 따라 수시로 변하는 감정과 그것의 기복에 따라 춤을 추는 자신의 '말'과 '행동'을 따로 떼어

내어 특별히 관찰하는 과정이다. 말과 행동은 자신과 타인에게 미치는 영향력이 크기 때문에 특별히 분리시켜 관찰해 보는 것인데, 만약, 지금 이 순간에 감정이 격앙되거나 요동치는 사람은 그런 자신을 들여다보기 위해서 무엇보다 자신으로부터 스스로 유리되어 거리를 유지해야 한다. 그러기 위해서는 현장에서 곧바로 뒤돌아서서 눈을 피하라. 그리고 심호흡을 하라. 짧은 순간의 틈을 내어 숨고르기를 하듯이 잠시 돌아서서 눈을 피하고 심호흡을 하는 것만으로도 격앙된 자신의 감정을 읽을 수 있을 것이다. 그것이 어디서부터 오는지, 그것이 자신에게 어떤 결과를 안겨 주는지 생각해볼 수 있는 여유가 생길 것이다. 그 틈과 여유가 흥분한 자신을 있는 그대로 보고 읽게 한다.

이처럼 단계를 밟아가면서 여러 방식으로 자기 관조를 하다 보면, 말 못하는 몸이 하는 말과 겉으로 드러내지 않는 자신의 마음이 하는 말까지도 다 귀담아 듣게 된다. 그뿐 아니라, 자신에게 솔직해져 가는 자신을 통해서 자신의 진정한 불만이 무엇인지, 자신의 진정한 꿈이 무엇인지, 자신의 문제가 무엇이고 자신의 병이 무엇인지 바르게 인식하게 되며, 그에 따라서 스스로 처방을 내리는 능력까지 생기는 것이다. 나아가, 자신의 정체성은 물론 현 위치 곧 위상을 분명하게 인식하고, 앞으로 나아갈 방향과 목표지점을 재확인하면서 새삼 의지를 다지고 노력하게 되는 것이다. 이런 노력이 평생 이루어지는 것과 그렇지 않은 것과는 실로 엄청난 차이가 있음에 두말할 필요가 없으리라.

참고로, 부처님은 자기 관조를 통해서 인간의 몸이 지地 · 수水 · 화火 · 풍風 등 네 가지 원소로 되어 있고, 색色 · 수受 · 상想 · 행行 · 식識 등 다섯 가지 기능이 나온다고 판단했으며, 이것들이 바로 모든 번뇌의 근원으로서 '더러운[不淨] 것'이며, '티끌'에 지나지 않을 뿐 아니라 사라져 없어질 무상無常한 공空으로 여기었다. 그래서 결국엔 실체가 없는 무아無我로 인식하였던 것이다. 이러한 판단을 전제로, 일상 속에서조차 무욕無慾 · 무소유無所有 · 무원無願을 중요한 덕목으로 여겼던 것이다.

부처님의 이러한 자기 관조 결과는 인간의 욕심이나 무상함에서 비롯되는 번뇌를 물리치는 데에 어느 정도 도움이 되지만 반드시 옳다고는 볼 수 없다. 이는 어디까지나 주관적인 판단으로서 옳고 그름의 문제는 아니라고 생각한다. 사실, 사라져 영원하지 않다고 해서 실체가 아닌 것도 아니고, 무욕無慾이란 것도 따지고 보면 또 하나의 다른 욕심일 뿐이고, 그것은 인간 삶을 소극적으로 이끌게 할 가능성이 매우 높으며, 살아있는 동안은 그 몸을 온전히 외면하거나 무시할 수도 없기 때문이다. 분명한 사실은, 오늘날은 과거 부처님처럼 욕심을 비우기 위해서 산다기보다는 욕심을 채우기 위해서 사는 '사람'들이고 '세상'이라는 점이며, 무욕이 필요한 것이 아니라 그것의 적절한 통제가 필요할 뿐이다.

화두에 대한 사고력 집중 방법

6-1 화두(話頭)의 개념
6-2 화두에 대한 사고력 집중 방법
6-3 화두가 쌓이면서 생기는 염력(念力)

명상에서 화두(話頭)란 말은 늘 따라다닌다. 명상을 하려면 명상 목적에 따른 사유의 주제 곧 대상이 있어야 하기 때문이다. 궁극적으로 무념(無念)·무상(無想)·무원(無願)의 청정한 마음의 상태를 유지하는 것을 목표로 하는 '좌선(坐禪)'의 방법을 구체적으로 설명하고 있는 불경(佛經) 가운데 하나인 「좌선삼매경」이나 「반주삼매경」에서조차도, 번뇌를 일으키는 인자들[탐·진·치·정신작용[잡념]·등분(等分) 등]이 화두가 되어 그에 따라 해야 하는 '생각'과, 가져야 하는 '믿음'과, 그 사유전개 과정인 '절차' 등을 전하고 있다.

그렇다면, 명상에서 화두란 무엇이며, 그 화두에 대한 사고력을 어떻게 집중시키는 것일까? 그리고 화두에 대한 시고력을 집중시키면 무엇이 어떻게 달라지는가? 이들 문제에 대해 차례로 알아보자.

6-1 화두의 개념

'알고자 하거나', '풀어 알아야 한다'고 여기는 문제와, 그 문제를 환기시켜
주거나 그 문제의 실마리가 들어있는 함의(含意) 내지는 상징적인 말이 곧
화두(話頭)이다. 이를 불가에서는 공안(公案)이라 하기도 하고, 의단(疑團)
또는 의정(疑情)이라 하기도 한다.

화두話頭란 글자 그대로 풀이하자면, 말의 머리 곧 머리말이
다. 머리말이란 본격적으로 말을 하기 전에 그것을 이끌어 내
거나 유도하기 위해서 먼저 던지는, 낚시의 '미끼'와도 같은 것
이다. 다시 말해, 문제의 답이나 해결책을 얻기 위해서 본론을
이끌어내고자 먼저 던짐으로써 그에 대한 관심을 끌고, 정작
해야 할 말문을 열어주는 '키워드'와도 같은 구실을 하는 말이
곧 화두이다. 간단히 말해, '말하기 위해서', 혹은 '그 말을 유
도하기 위해서' 던지는 함의含意를 지닌 상징적인 말이 곧 화두
이다.

여기서 말을 한다는 것은, 알고자 하는, 혹은 풀어서 알아야
하는 문제[이를 공안公案이라 하기도 함]의 답을 풀어가는 과정이 된
다. 곧, 궁극적으로 알고자 하거나 알아야 하는 질문[의단疑團·

의정疑情이라 하기도 함]이거나 그 질문에 대한 답을 환기시켜 주는 말이다. 따라서 화두는 명상하는 사람의 목적과 관심과 문제의식 등에 따라서 얼마든지 달라질 수 있는 것이다.

명상의 원조 격인 부처님은, 바꿔 말해 그의 가르침이 담긴 경전들을 읽다보면, ①삶이란 무엇인가? ②번뇌는 어디서부터 오는 것일까? ③인간의 '몸'과 '마음'이란 무엇인가? ④어떻게 사는 것이 잘 사는 것일까? ⑤영원불변하는 것이 과연 존재하는가? 등등의 의문과 화두를 품고 명상을 거듭했던 것으로 판단된다. 물론, 이같은 판단의 근거는 아주 많지만 몇 가지만 예로 든다면, 삶을 고苦로 판단하고서 고苦·집集·멸滅·도道를 진리로 여긴 점이라든가, 몸의 구성과 기능을 사대四大·오온五蘊으로 판단하고서 번뇌의 근원으로 여긴 점이라든가, 계戒·정定·혜慧 삼매三昧와 여덟 가지 행[八行]을 제자들에게 요구한 점 등이 그 증거이다.

6-2 화두에 대한 사고력 집중 방법

명상하는 사람이 필요해서 스스로 선택한 화두가 있다면 그것은 거의 자신이 알고자하는 '물음' 곧 의문이 된다. 이것이 아니고 타인으로부터 어떠한 목적에서 일방적으로 받은 화두라면 '마땅히 알아야 한다'고 여겨지는 문제이거나, 아니면 거꾸로 그 문제를 환기시켜 주거나 깨닫게 하는, 숨은 의도가 깃들어있는 키워드일 것이다.

여기에서는 스스로 선택·결정한 화두에 대한 사고력 집중 방법을 소개하고자 한다. 그것도 이해를 쉽게 하기 위해서 '죽음'이라는 화두로 제한하여 하나의 표본이 되도록 가능한 범위 내에서 설명하고자 한다.

평소에 관심이 있기에 선택한 화두로서 '죽음'이 전제되겠지만 그것의 본질에 대해 '당장' 혹은 '언젠가는' 반드시 이해하고 넘어가야 할 과제로 여기고, 자신에게 죽음이란 문제의식을 각인·환기시켜 나가야 한다. 그러기 위해서는 '죽음'이란 단어를 마음속으로 되새기면서[暗誦] 그동안 읽었던 죽음 관련 서적이나 글 등의 핵심 내용을 가능한 범위 내에서 차례차례 떠올리며 생각해 보는 것이다.

그리고 그 죽음과 관련된 자신의 직간접 경험[現狀]들을 차례로 떠올려본다. 예컨대, 골목길에서 죽어 썩고 있는 쥐라든가, 도로상에서 차에 치여 죽은 뒤 자동차 바퀴로 수없이 짓밟히면서 해체되고 말라가는 동물 사체를 떠올리고, 죽어서 영안실 냉장고에 들어있는 사람들의 얼굴을 떠올리고, 화재나 자동차 사고나 태풍·지진 등 각종 인재나 자연재해 등으로 죽어서 수습된 시신들의 모습을 떠올려보라. 아울러, 제초제를 뿌려 말라 시들어가는 잡초들이나 병들고 늙어 죽어가는 나무들을 떠올려 보라. 이처럼 죽어가는 모든 것들을 떠올려보고, 죽어있는 상태의 동식물을 비롯하여 사람까지도 가능한 범위 내에서 다 떠올려보라. 한 마디로 말해서, '죽음이란 무엇인가'를 염두에 둔 채 떠올려진 그 주검들을 일일이 관찰하고, 생각하고, 상상하며, 서로 연관 짓는 사유 활동을 계속하는 것이다.

그리고 그동안 떠올려 보았던 주검들 가운데에서 특별한 어느 한 가지를 떼어내어 도마 위에 올려놓고 해부하듯이 좀 더 구체적으로 파고들어가 보라. 비록, 회상回像·회억回憶 속의 사체이지만 그 속을 해부하듯이 파헤쳐 들어가 낱낱이 들여다볼 수 있는 데까지 들여다보라. 이러한 회상 속의 주검 해부작업을 하되 그 대상을 바꾸어가면서 계속할 필요가 있다.

그리고 낱낱이 헤쳐서 살펴보았던 그 주검들을 나란히 한 곳에 펼쳐 놓고 한눈에 살피듯 통찰해보라. 동시에 그것들을 멀리 서서 내려다보듯 거리를 두고 바라보기도 하라. 살아있을 때와 죽어있을 때가 어떻게 다른가를 판단해 보고, 삶과 죽음 사이의 그 가깝고도 먼 거리를 나름대로 가늠해 보라.

이런 과정을 거치는 동안에 불현듯 죽음의 본질이 떠오를 것이다. 비록, 실물 없이 앉아서 떠올리고 생각하는 일이지만 결과적으로 죽음과 관련된 정보들을 지속적으로, 수집·분류하고, 그것들을 분석하고, 그 결과들을 놓고 비교·종합해 보는 과정을 다 거치는 셈이 된다. 따라서 하나의 화두에 대해 사고력을 집중하는 명상은 며칠로부터 수년에 걸쳐 지속되기도 한다. 물론, 하나의 화두만 가지고 명상하는 것도 아니기 때문이다.

돌이켜보면, 나는 '죽음이란 무엇인가?'라는 화두를 가지고 이십여 년 이상 생각해 왔던 것 같다. 그 사이에 죽음 관련 책들도 적잖이 읽었고, 주검들도 많이 보아왔다. 특히, 가까운 사람들의 주검을 들여다보기도 했다. 그런 과정 속에서 죽음이란 '구조를 가진 유기체의 기능 정지'라는 아주 간단한 말을 얻었다.

6-3 화두가 쌓이면서 생기는 염력

① 염력 = 논리적 사고력 + 통찰력 + 직관
② 논리적 사고력 = 바른 판단이나 바른 인식 곧 명제(命題)를 얻기 위한 과정상의 합리적인 사고 전개 능력
③ 통찰력 = 겉으로 드러난 현상이나 상황 등의 대상을 통해서 그 이면의 질서나 원리를 꿰뚫어 보는 능력
④ 직관 = 현상이나 상황을 포함하여 어떤 대상을 인식할 때에 그 인과관계나 본질을 논리적으로 입증·증명해 보이는 과정이나 절차를 거치지 아니한 채 최소한의 정보만을 가지고 순간적으로 지각되는 느낌이나 추리력으로써 신속히 내려지는 판단

화두는 명상자의 개인적인 관심에 따라 선택·결정되며, 그에 대한 명상은 개인의 지적 능력·사고력·집중력·경험·화두 자체의 난이도 등 여러 요소에 의해서 그 기간이 결정된다. 화두에 대한 명상을 거듭할수록 나름대로 터득한 물음에 대한 답들이 쌓여갈 것이다. 그런데 단순히 답만 쌓여가는 것이 아니라 그 과정에서 끊임없이 사유한 결과로 '논리적 사고력'과 '통찰력' 등이 생기게 되고, 그로 인해서 '직관'이라고 하는 능력까지도 생긴다. 나는 이 세 가지 능력을 합쳐서 '염력念力'이라고 한다.

논리적 사고력이란, 바른 판단이나 바른 인식 곧 명제命題를 얻기 위한 과정상의 합리적인 사고 전개 능력이다. 바로 그것의 원리를 이해하고 연구하는 학문이 논리학인데 이 논리학을 별도로 공부하지 않더라도 명상을 오래 하다보면 자신의 사고방식이나 범위나 한계 등에 대해서조차 거리를 두고 바라보게 됨으로써 스스로 보완해 나가는 노력을 기울이게 된다. 뿐만 아니라, 눈에 보이는 현상들은 어떤 원인이 먼저 있음으로 존재하는 결과인 셈인데 그 현상들을 존재 가능하게 하는 이유들에 대해서, 다시 말해, 현상의 인과 관계에 대해서 중요하게 여기게 되면서 통상 생략되었거나 감추어진 원인들에 대하여 깊게 생각하는 경향을 갖게 된다. 명상을 통한 이런 사유 습성이 결과적으로 논리적 사고력을 향상시켜 주는 것이다.

통찰력이란, 겉으로 드러난 현상이나 상황 등의 대상을 통해서 그 이면의 질서나 원리를 꿰뚫어 보는 능력이다. 여기서 꿰뚫어 본다는 것은 겉을 통해서 보이지 않는 속을 알아차린다는 뜻이다. 통찰洞察이라는 글자 그대로 풀이해도 마찬가지이다. 곧, 통찰이라 함은, '밝다'·'꿰뚫다'·'통하다'·'통달하다' 등의 뜻을 지닌 洞통 자에 '살피다'·'살펴서 알다'·'상고하다'·'드러나다' 등의 뜻을 지닌 察찰 자의 합성어이므로 '환히 내다보다'·'꿰뚫어 보다' 등의 뜻이 된다. 따라서 통찰력이란 비교적 빠르게 이루어지는 판단이고, 겉을 분석하고 유추·종합하여 최종 판단에 이르되 입증절차가 겉으로 생략되어 버린다. 그러나 생략된 입증절차를 필요시에는 드러내 보일 수도 있다.

직관(直觀 intuition)이란, '곧다'·'바르다'·'곧바로' 등의 뜻을 지닌 直직 자에 '보다'·'보이다' 등의 뜻을 지닌 觀관 자의 합성어이기 때문에 '바르게 본다'·'곧바로 보이게 되다' 등의 뜻을 지닌다. 直 자 자체가 열十 개의 눈目으로 숨겨져 있는(匸: 감출 혜) 것을 볼 수 있다는 뜻이므로 '바르게' 그리고 '빠르게' 그 속을 들여다본다는 두 가지의 의미가 깃들어 있다. 이를 알기 쉽게 풀어서 설명하자면, 현상이나 상황을 포함하여 어떤 대상을 인식할 때에 그 인과관계나 본질을 논리적으로 입증·증명해 보이는 과정이나 절차를 거치지 아니한 채 최소한의 정보를 가지고 순간적으로 지각되는 느낌이나 추리력으로써 신속히 내리는 판단이 직관인 것이다. 따라서 다분히 주관적일 수밖에 없지만 아주 빠르게 내려지는 판단으로 다분히 현상의 개연성이나 경험적인 통계가 반영된다.

명상을 오랜 기간 하다보면, 수많은 판단들이 데이터베이스처럼 저장·구축되어 있게 마련인데, 바꿔 말해 해명된 화두가 쌓이게 되는데 그것들이 어떤 새로운 판단을 하는 데에 직간접으로 활용됨으로써 더욱 신속하게 내려지는 판단인 직관이나 통찰력을 향상시킨다. 쉽게 말하면, 지식이나 경험 축적이 어떤 상황판단에 도움이 되는 이치와 같다. 결국, 직관과 통찰력이란, 부분으로써 전체를 파악하는 힘이며, 겉으로써 그 속을 판단해 내는 눈 곧 유추類推이자 추리력推理力이며, 동시에 분석한 것을 토대로 종합하는 능력임에는 틀림없다.

천국도 지옥도 다 내 마음 안에 있는 그림일 뿐이다.
―이시환의 아포리즘aphorism 58

명상의 목적과 효과

7-1 명상의 목적
7-2 명상의 효과

'왜 명상을 해야 하는가?' '명상을 하면 무엇이 어떻게 달라지는가?' '명상을 통해서 무엇을 얻을 수 있는가?' 이런 일련의 질문들은 명상의 목적이나 효과를 묻는 것과 별반 다르지 않다. 물론, 아무런 결과를 기대하지 않고 행동하지 않는 것처럼 명상이란 행위에도 반드시 어떤 목적이나 효과 등이 전제되어 있게 마련이다.

그렇다면, 우리는 명상을 통해서 무엇을 기대할 수 있으며, 실제로 무엇을 얻을 수 있을까? 일상 속에서 명상해온 경험적 진실을 바탕으로 그 핵심을 한 마디로 줄여서 말하자면 이러하다. 곧, 갖가지 잡념으로부터 벗어나 근심걱정[苦悶]을 최소한으로 줄여 가짐으로써 무엇보다 마음을 편안하게 하고, 신체적 정신적 고통으로부터 벗어나기 위해서, 혹은 어떤 당면문제 해결을 위한 사고력을 집중시키기 위해서 통상 명상을 하게 되는데, 이러한 명상은 복잡한 마음은 단순하게, 산란한 마음은 가지런히, 욕심으로 집착하는 마음은 그것을 통제하여 적절히 비움으로써 스트레스를 덜 받고 덜 느끼고자 함에 있다. 불교의 선정禪定 수행에서 말하는 것처럼 거창한 '해탈解脫'이나 '적멸寂滅'이나 '청정淸淨'보다는 자기 자신을 바로 알고, 자기감정이나 욕심을 적절히 통제하는 기술 습득을 통해서, 무엇보다 심신의 안락함을 유지함에 있다고 말하는 편이 옳을 것 같다.

7-1 명상의 목적

1) 마음을 청정하게 유지함
2) 신체적 질병으로부터 받는 고통과 정신적 스트레스 경감 · 해소
3) 잠재력을 일깨우고 지식을 활용함
4) 당면문제 해결 방법을 구할 수 있음
5) 인간사를 초탈하는 깨달음까지도 얻을 수 있음

「좌선삼매경」에 언급된 것처럼 명상의 목적을 '공중空中 부

양(浮揚)'이나 시공을 초월한 '공간이동'이나 마음대로 변신하는 '변신술' 등 신통력神通力을 염두에 둔 사람들도 없지 않지만, 가장 중요한 목적은 자신의 마음을 편안하고 깨끗하고 고요하게 하기 위함에 있다. 그 다음이 몸으로부터 받는 고통이나 심리적 중압감으로부터 벗어나기 위함일 것이다. 그리고 그 다음이 당면한 문제를 해결하기 위해서 사고력을 집중시키기 위함이다. 나는 이것을 명상의 3대 목적이라고 여긴다. 명상의 목적과 효과를 자세하게 설명하자면 이래와 같다.

1) 마음을 청정하게 유지함

일상 속에서 산만散漫 · 불안不安 · 불만不滿 · 불면不眠 · 분노憤怒 · 수치심羞恥心 · 집착執着 · 과욕過慾 등 다양한 요소들이 마음을 불편하게 하고, 산란케 하며, 그로 인해서 적지 않은 스트레스를 받게 된다. 명상은 바로 그들로부터 오는 정신적 중압감을 경감 · 해소시키는 데에 도움이 된다. 각기 다른 현실적 상황에서 해야 하는 명상의 구체적인 방법은 조금씩 다르지만 그 기본원리는 같다. 그 원리인 즉, ①자신을 속박하고 있는 현실적 상황과, 그 상황 속에 묶여 있는 자기 자신에 대하여 먼저 분명하게 인지認知 · 자각自覺하고, ②자신을 속박하고 있는 상황의 조건[要因]들을 무시 · 외면 · 부정하거나 제거해 나가면서, ③가능한 한 그 상황에서 벗어나 자유로워지도록 그 상황과 전혀 다른 것에 관심을 옮김으로써 마음의 평정을 회복 · 유지하는 일이다. 이 과정에서는 경우에 따라 극단적인 방법으로 쉬고 있는 몸을 깨워 오히려 활동을 많이 하게 함으로써 문제 상황을 잊을 수 있고, 그런 시간이 길어지면서 자연 치유될 가능성도 높아진다. 적절한 고행苦行을 통한 수행이 정신적 중압감 해소에 도움이 될 수도 있다는 뜻이다.

2) 신체적 질병으로부터 받는 고통과 정신적 스트레스 경감·해소

신체 기관의 기능장애인 질병으로 인한 고통이 수반되는 상황에서 받게 되는 신체적·정신적 고통을 해소하려면 당연히 병원을 찾아가 의학적 검사와 진단을 받고 직접적인 치료를 받아야 하겠지만, 그 과정에서 마음먹기에 따라서는, 다시 말해, 생각하기에 따라서는 그 고통을 줄이거나 크게 가질 수도 있고, 치료의 속도를 빠르게 하거나 더디게 할 수도 있다는 뜻이다. 분명, 인체는, 한계가 있지만, 자기 몸을 스스로 치료하려는 속성과 능력 곧 생리적 자가 치유 능력을 가지고 있는 '복잡한 구조적 유기체'이기 때문에 마음속의 생각과 믿음으로써 그것을 자극·촉진하여 그 기능을 증대시킬 필요가 있다. 바로 이 과정에서 마음과 생각을 어느 정도 통제 가능한 명상이 일정 부분 작용한다는 뜻이다. 이때에는 몸을 잠재우고 마음만 움직이는, 다시 말해 몸의 고통을 무시·외면한 채 생각을 굴리는 명상을 해야 한다.

3) 잠재력을 일깨우고 지식을 활용함

명상은 감정과 생각을 통제하고 자기 관조 능력을 키워서 자

신에게 내재되어 있는 능력[잠재력]을 일깨우고, 체득되는 지식을 적극적으로 활용하는 데에 큰 도움이 된다. 이해하기 쉽게 예를 들어 설명하자면, 아주 찬물이 가득한 냉탕에 들어가 있다가 온몸이 차가워진 상태에서 뜨거운 물이 가득한 열탕 속으로 들어갈 때에는 열탕의 뜨거움이 그대로 감지되지 못한다. 다시 말해, 뜨거워서 들어갈 수 없었던 열탕이라 할지라도 몸을 차게 한 다음에는 들어갈 수가 있다는 뜻이다. 그 차가움과 뜨거움이라는 양 극단의 상황을 연속적으로 맞게 되면 인체의 감각기관과 뇌가 곧이곧대로 지각하지 못하기 때문이다. 이런 현상은 어디까지나 인체의 감각기관과 뇌 사이의 정보전달 과정과 판단의 문제이지 마음이나 생각과는 전혀 상관없는 일이다. 몸이 아파서 병원에 가 치료를 받는다는 것은 바로 여기에 해당한다고 볼 수 있다.

반면, 열탕의 물이 너무 뜨거워 들어갈 수 없는데 마음속으로 그 뜨거움을 무시하거나 참아내면서 서서히 들어갈 수도 있다. 물론, 이때에는 분명히 한계가 있지만 그 뜨거움을 무시하거나 참아내는 방법이 중요하다. 곧, 무시하는 것은 자신에게 뜨겁지 않다고 최면을 걸어 그 뜨거움을 느끼지 못하게 방해하는 일이고, 참아내는 것은 자신의 기氣와 마음 곧 의지意志를 한데 모아 그 뜨거움을 견뎌내는 일이다. 이때 의지를 한데 모아 강하게 하기 위해서는 ①물에 들어가기 전에 심호흡을 하고, 다시 말해 위험을 예고하고 ②이미 자신의 몸 안에 들어가 있는 힘이나 긴장감을 다 빼어버리고, ③'결코 뜨겁지 않다'거나 '얼음동굴 속 같이 춥다'라고 자신에게 말하면서 천천히 들어가면 된다. 다른 방법은, ①물속으로 들어가기 전에 심호흡을 하고, ②온몸에 기운을 불어넣어 압축하듯 힘을 준 상태에서 서서히 물속으로 몸을 밀어 넣으면 뜨거움을 덜 느끼게 된다. 결과적으로, 전자든 후자든 뜨거움을 무시한 채 반응을 보이지 않으려는 태도이거나 자신의 기와 마음을 한데 모아 그 뜨거움에 대적하듯 견뎌내는 일이다. 이런 능력은 사람마다 정도 차이는 있지만 어느 한계 안에서는 얼마든지 가능한 일이다.

이러한 경험들을 놓고 보면, 마음이 어느 정도는 신체의 기능을 통제할 수 있다는 사실을 확인할 수 있다. 따라서 신체의 질병으로 인한 고통이나 스트레스를 경감 · 해소하기 위해서도 마음과 생각을 부분적으로 통제 가능한 명상이 무시될 수 없는 것이다.

그렇다고, 이런 연습이나 수련에 몰두하는 것은 결코 바람직하지 않다고 본다. 특히, 보통 사람들이 갖지 못하는 능력을 갖거나 보여주기 위해서 노력하다보면 그만큼 몸을 고생시키게 되고, 그에 따라 몸도 힘들어 하기 때문에 결과적으로 수명에까지도 영향을 미치기 때문이다. 소위, 도道를 닦았다거나 기氣 수련을 했다는 도사道師들이 오히려 평범한 사람들보다 건강하게 오래 살지 못할 수도 있음이 그 증거가 된다. 가까운 예를 하나 든다면, 내공 4단계까지 수련했다는 – 필자는 그런 것이 있는지도 모르지만 – 도사가 자신의 관절염 하나 다스리지 못해서 걸음걸이가 온전하지 못하고, 등산하기도 힘들어 하는 것을 보았는데, 놀라운 사실은, 동갑내기들에 비해서 더 늙어 보였고, 그의 입에서 나오는 말조차 거칠기 짝이 없는 것으로 보면 그가 닦았다는 내공의 기를 심히 의심하지 않을 수 없었다는 점이다. 이처럼 '보여주기' 식의 어떤 신비한 능력을 갖고자 해서 명상의 본래 목적에서 벗어나 기 수련하는 것은 바람직하지 않을 뿐 아니라 오히려 경계해야 할 일이라고 생각한다. 다만, 명상은 자신의 마음과 생각과 감정 등을 부분적으로 통제함으로써 자신의 잠재력을 겉으로 이끌어 내거나 집중시키는 보조수단이라는 사실만은 의심의 여지가 없다.

4) 당면문제 해결 방법을 구할 수 있음

①해결해야 하는 당면문제를 먼저 분명하게 인식하고[先 問題 認識], ②그 문제와 관련된 지식이나 정보 등이 있다면 그것들을 우선 종합해 보고, 그 하나하나에 대해서는 화두 삼아 오래 생각한다[問題 關聯 知識·情報 綜合·分析]. ③그것들에 대해 깊이 생각하는 과정에서 자신의 생각과 갖가지 정보와 지식 등을 비교하게 되고, 그들 간의 상관성을 유추·분석하고, 통합하는 과정을 거치게 되면서 새로운 판단을 이끌어내게 된다[主觀 的 判斷]. 이 새로운 판단이 생활 속에서 실험되고 입증 되는 과정을 거치면서 하나의 객관적인 지식이 되며, 그것이 문제 해결의 실마리가 되는 작은 깨달음으로 활용, 정리될 수 있는 것이다. 이런 과정이 소위 화두話頭에 대한 생각을 집중하는 명상

이다.

5) 인간사를 초탈하는 깨달음까지도 얻을 수 있음

일상사 속에서 해결해야 할 문제로 여겨 선택한 여러 가지 화두에 대한 명상으로 숱한 판단들을 내리게 되는데, 그것들이 쌓이고 쌓이다보면 어느 날 갑자기 한 눈에 들어오면서 재분석 되고 재통합되는 과정을 거치면서 보다 보편적인 큰 깨달음으로 이어질 수 있다. 여기서 깨달음이 크다 작다는 것은, 옳고 그름의 문제가 아니라 상하上下 개념의 차이일 뿐으로 '현상'과 그 현상들을 낳는 '원리'와의 차이라 할 수 있으며, 인과관계에 대한 이해로 받아들일 수 있다. 예를 들어 말하자면, 종이 위에 그려진 작은 그림이나 깨알 같은 활자들을 돋보기로 확대하여 들여다보듯이 일상 속에서 변화되어가는 자신의 몸과 마음의 움직임들을 확대하여 지켜보면서, 그것들을 통해서 인간 삶과 생명의 본질을 유추해 내고, 나아가 인간 존재 의미 등에 대한 판단으로서 깨달음을 얻을 수가 있다. 그렇게 되면, 여러 가지 자신을 옮아매왔던 소소한 문제들이 무시되거나 그 우선 순위가 바뀌게 되면서 앞으로 살아갈 삶의 태도나 방법으로서의 '길'이 훤히 밝아 보이게 된다. 그런 순간에는 전에 느끼지 못했던 기쁨에 휩싸이게 되는데, 엄밀히 말하면 이 기쁨은 큰 문제의 해결책을 찾았다는 것과, 새롭게 해야 할 일이 생겼다는 의욕이 합쳐져서 오는 기쁨이다. 부처의 '위없는 깨달음'이란 것도 사실상 이런 것이었다고 나는 생각한다.

7-2 명상의 효과

> 1) 감정 동요를 비교적 쉽게 제어 · 통제할 수 있게 됨
> 2) 행동을 취하기 전에 먼저 생각하는 신중함과 그런 습관을 갖게 됨
> 3) 갑작스런 혈압상승 요인과 심장 질환이 억제됨
> 4) 심신의 평정 유지
> 5) 편안하고 좋은 인상
> 6) 수명 연장
> 7) 자기 심신상의 변화와 상대방의 마음까지도 읽을 수 있음

명상생활을 하다보면 자연스럽게 얻어지는, 명상의 부수적인 효과가 있다. 앞에서 이미 설명한 염력[念力:논리적 판단력, 통찰력, 직관 등의 합]이 강해진다는 것은 효과 중에 효과이다. 그리고 자신의 감정이나 행동을 어느 정도 제어 · 통제할 수 있게 되면서 생기는 신중함이나, 심신을 평온하게 유지함으로써 얼굴빛이 좋아지고, 대인관계나 건강에도 좋은 쪽으로 영향을 미치게 된다. 극단적인 경우에는 훤히 보이는 자신을 통해서 타인의 마음까지도 헤아려 읽을 수 있는 '눈'이 생기기도 한다. 구체적으로 설명하자면 아래와 같다.

1) 감정 동요를 비교적 쉽게 제어 · 통제할 수 있게 됨

분노 · 수치심 · 슬픔 · 기쁨 등의 감정이 크게 일어나는 상황에 놓였을 때에 – 물론, 대개는 자기도 모르게 해당 감정이 먼저 겉으로 표출되지만 – 변하는 자신을 습관적으로 들여다보게 되면서 감정 표출을 어느 정도 제어 · 통제하면서 '표출'이 아닌 '표현'을 하게 된다. 평소에 자기 자신을 많이 들여다본 사람이라면 자신의 내면조차도 객관적인 대상처럼 일정한 거리를 두고 바라보기 때문에 가능한 일이다. 그래서 평소에 명상을 하지 않는 사람이라면 분노를 느끼게 하는 상황 속에서 자연발생적으로 표출되는 감정에 먼저 휩싸이게 마련이지만, 명상으로써 자기 관조 능력이 쌓인 사람이라면 그 분노의 발생 원인과 현재 동요되고 있거나 그럴 조짐을 보이는 자기 자신을 함께 지각하게 되면서, 분노 국면에 놓인 자신과 거리를 두려고 한다. 곧, 심장박동이 빨라지는 자기 자신을 의식함으로써 그 상황 그 자리에서 ①뒤돌아서서 ②지그시 눈을 감고, 혹은 하늘을 쳐다보며 ③심호흡을 하면서, 혹은 잠시 숨을 멈추고서 ④자신의 언행에 뒤따라오는 일들을 생각하게 된다. 바로 이 과정에서 감정적인 표출이나 우발적인 언행이 자연스럽게 통제된다.

2) 행동을 취하기 전에 먼저 생각하는 신중함과 그런 습관을 갖게 됨

생각을 많이 오래하면 사고력은 기민해지는데 상대적으로 몸의 움직임은 둔감해진다. 그렇듯, 명상의 핵심 가운데 하나인 '자기 속 들여다보기'를 오래 하다보면 자기 자신이 얼마나 무능력하고, 얼마나 허물이 두터운 사람인지 절로 깨닫게 되며, 그로 인해서 자연히 '겸손'이란 것이 찾아와 몸에 잦아들게 된다. 물론, 이 겸손이 지나치면 모든 일을 자기 탓으로 돌리는 경향으로까지 발전하게 되는데, 그쯤 되면 어떤 중요한 행동을 취하기 전에 생각을 한 번 더하는 습관 정도야 이미 몸에 배어있게 마련이다. 명상이란 것이 이래서 무서운 것인데 평소 그것을 가까이 하는 사람이라면 말과 행동을 일으키는 자기 자신에 대해서도 언제 어디서든 훤히 내려다볼 수 있기 때문에 신중함은 습관이 되고 마는 것이다.

3) 갑작스런 혈압상승 요인과 심장 질환이 억제됨

명상하는 사람은 정신적인 충격이나 갑작스런 흥분 등으로 혈압이 급상승하게 되는 국면을 스스로 맞아들일 확률이 적다 해도 틀리지 않는다. 설령, 그런 상황에 놓인다 할지라도 비교적 유연하게 극복할 수 있는 지혜를 발휘할 수 있기 때문에 돌발 상황을 피할 수 있는 확률이 상대적으로 높다. 오히려 몸을 너무 많이 쓰지 않음으로써, 다시 말해 움직이지 않음으로써 신체적 기능이 부분적으로 빠르게 퇴화될 수 있는 부작용이 있을 수 있다. 젊은 사람들은 이런 부작용에 대해서 실감하기가 어렵겠지만 50대가 되어 나이를 먹으면 먹을수록 비교적 쉽게 실감할 수 있다.

4) 심신의 평정 유지

명상하는 사람은 대개 큰 욕심을 내지 않고, 불필요한 일에 집착하지 않기 때문에, 사실상 에너지 소비가 적으며, 감정 동요 요인이 적다고 말할 수 있다. 설령, 감정 동요가 있다 하더라도 그것을 최소화시키는 일에 익숙해져 있기 때문에 평상시의 온화한 마음을 잘 유지하게 된다. 뿐만 아니라, 자신의 몸을 불필요하게 혹사시키는 어리석음을 범하지 않기 때문에 스스로 자신의 몸과 마음을 불편하게 하지 않아 평상시의 느긋함과 온화함이라는 평정심을 잘 유지하게 된다. 그래서 명상을 오래 하다보면 성질 급한 사람도 느긋해지고, 다혈질인 사람도 다소 누그러지며, 강직했던 사람도 다소 부드러워지게 마련이다. 이 느긋함과 온화함과 부드러움을 누려본 사람은 그것에서 벗어나려 하지 않는 경향이 생긴다.

5) 편안하고 좋은 인상

명상을 오래 한 사람들의 얼굴은 대체로 그 생김새나 노화 정도에 관계없이 편안해 보이는 것이 일반적이다. 만약, 그렇지 않다면 명상을 제대로 하지 못한 사람이거나 아니한 사람이라 여겨도 크게 틀리지 않는다. 명상을 오래 하다보면, 자연히 감정 제어와 신중한 행동으로 가능한 한 자신을 긴장 국면으로 몰아넣지 않으며, 심신을 늘 안온한 자리에 놓기 때문에 그곳에서 누린 편안함과 안락함이 얼굴에 나타나기 때문이다.

얼굴은 그 사람의 이력서라 할 정도로, 특히 나이를 먹으면 먹을수록 삶의 풍파가 얼굴에 고스란히 새겨지게 마련이므로 그 얼굴을 통해서 그간의 그의 삶을 미루어 짐작할 수 있는 것이다. 가까운 예를 들자면, 성격이 예민하고 이기적이거나 근심을 사서 하는 사람들은 몸집이 마른 편일 확률이 높고, 잠도 푹 자지 못하는 경향이 있다. 그래서 얼굴빛도 너그럽거나 편안해 보이지 못하는 것이 일반적이다. 작은 차이지만 오랜 세월 지속되다보면 그 작은 차이가 고스란히 쌓여 얼굴과 심성에, 그리고 행동양식에까지 그대로 골이 지어 나타나게 된다. 또한, 금욕적인 생활을 하며 명상을 가까이 하는 사람들은 몸이 마른 편이지만, 게다가 나이를 먹으면서 노화가 촉진되어 주름살이 깊어져도 마음이 편안하기 때문에 그 주름지고 깡마른 얼굴빛조차도 편안하게 보이는 것이다. 이것은 '몸'과 '마음'이라는 두 요소가 서로 영향을 주고받으며 하나가 되어 있기 때문이다.

따라서 명상을 하지 않는 사람들은 거울을 통해서라도 자주 자신의 얼굴을 들여다 볼 필요가 있다. 그곳에 나타난 얼굴 표정과 눈빛을 통해서 자신의 인상과 그곳에 녹아든 마음을 읽을 수 있기 때문이다. 명상에 익숙해진 사람들이야 마음이란 거울에 수시로 자신을 비추어 보아 마음속의 마음까지도 읽기 때문에 상관없지만 자신의 인상을 편안하게 갖도록 노력할 필요가 있다고 본다.

6) 수명 연장

평소에 자기 자신의 몸과 마음을 자주 들여다보는 사람이라면, 다시 말해, 자기 자신을 어떤 객관적인 사물이나 대상처럼 일정한 거리를 두고 바라보았던 사람이라면 자신의 몸과 마음이 하는 말을 귀담아 들을 수 있다. 또한, 그런 사람들은 자신의 몸 속 보이지 않는 기관들을 마치 수명이 정해져 있는 자동차의 부품인 양 생각하고, 그것들의 한계를 알고서 아껴 쓰려고 노력한다. 한 마디로 말해, 몸과 마음을 혹사시키지 않는다는 뜻이다. 뿐만 아니라, 자신의 감정을 비교적 잘 제어 · 통제하며, 행동을 또한 신중하게 하기 때문에 자연히 감정의 심한 기복으로부터 벗어나 있게 마련이고, 또한 그런 만큼 위험요소가 줄어들게 되어, 아무런 일이 없을 때에 갖는 평화로운 마음을 오래 유지하게 된다. 게다가, 삶의 방법이나 지혜를 깨달아 나름대로 실천하는 사람이라면 특별한 연유가 있지 않는 한 그렇지 못한 사람들보다야 자기 관리 능력이 뛰어나기 때문에 장수할 가능성이 그만큼 높아지는 것이다. 한 마디로 말해, 가능한 한 심신을 피곤하게 하지 않고 편안한 자리에 놓기 때문이다. 대체로, 기도하고, 명상하고, 묵상하는 시간을 많이 갖는 종교인들이 다른 직업군에 비해서 오래 사는 것이 그 같은 사실을 잘 입증해 준다고 본다.

7) 자기 심신상의 변화와 상대방의 마음까지도 읽을 수 있음

명상으로써 자기 관조 경험과 능력이 쌓인 사람은, 자신에게서 일어나는 심신상의 큰 변화나 다가오는 죽음이나 특별한 사건에 대해서까지도 인지할 수 있다. 그만큼 삶과 죽음의 경계까지도 가까이 가 살피기 때문이기도 하지만 그 무엇보다 자기 자신을 객관적인 대상처럼 거리를 두고 바라보기 때문이다. 조금 과장해서 말한다면, 자신의 몸이 투명체인 것처럼 그 속을 들여다 볼 수도 있다. 뿐만 아니라, 손금을 보듯이 자신의 마음을 읽음으로써 그것으로 타인의 마음까지도 읽을 수 있다. 물론, 상대방의 얼굴에 나타나는 표정이나 눈빛으로써 그의 기분과 건강상태와 갈급한 욕구 등을 읽는 것과 같은 이치이지만, 자신의 마음을 통해서 눈에 보이지 않는 타인의 마음을 읽는 것이다. 문제는 내 마음이 조금이라도 흐트러지거나 흐려지면 아무것도 보이지 않는다는 사실이다. 따라서 내 마음이 먼저 차분하게 가라앉아 잔잔한, 맑은 수면과 같은 거울이 되었을 때에 비로소 상대방이나 자신을 비추어 읽을 수 있게 되는 것이다.

여기서 경계해야 할 것이 하나 있는데, 그것은 상대방의 마음을 읽을 수 있을 정도가 되면 그 사람은 자신의 몸을 움직인 시간보다 가만히 머물러 있으면서 자신을 들여다보며 자신의 거울을 닦아온 시간이 훨씬 길었기 때문에 이미 몸을 움직이는 일에 둔감해진 상태일 것이다. 쉽게 말하면, 신체적 기능이 퇴화된 상태로 그 움직임이 상황변화에 민첩하게 대응하지 못한다는 뜻이다. 그러나 상대적으로 눈빛은 맑아지고 미세한 변화를 놓치지 않고 읽어낼 수 있는, 남다른 감각적 인식 능력을 갖고 있다.

그렇다면, 어떻게 이런 일이 가능한가? 이해하기 쉽게 빗대어 말하자면, 음식의 맛을 보는 혀의 기능인 미각으로써 설명할 수 있을 것 같다. 곧, 나이를 먹어가면서 다양한 음식 맛을 경험하게 되는데, 그 과정에서 입맛이 바뀌기도 하지만 그 맛을 보는 혀의 미각이 세분화되어 예전에 느끼지 못했던 새로운 맛까지 느낄 수 있게 된다. 이런 현상은 맛을 보는 경험이 축적되면서 자동적으로 그 경험들을 분석하는 과정에서 일어나는 지각 능력의 진화인 것이다. 이처럼 자기 자신에 대한 관조도 경험이 누적되면서 예전에 인지하지 못했던 것들에 대해서조차 인지하게 되는 발전적인 변화가 있게 마련이다. 내가나를 통해서 다른 사람의 마음을 읽을 수 있다는 것도 이 같은이치에서 나온다. 그러나 나는 이를 두고 불교에서 말하는 '타심통他心通'이니 '천리안千里眼'이니 하는 과장된 말들을 쓰고 싶지는 않다.

사실로서 진실은 조용하지만 사실이 아닌 거짓은 늘 시끄럽기 마련이다.
―이시환의 아포리즘aphorism 104

명상의 자세 · 호흡 · 시간 · 장소

8-1 자세
8-2 호흡
8-3 시간
8-4 장소

명상을 하는데 있어서 자세 · 호흡 · 시간 · 장소 등의 요소는, 초심자에게는 명상 목적 달성에 상당한 영향을 미치기 때문에 대단히 중요하고 신경 쓰이는 일임에 틀림없다. 그러나 명상이 몸에 붙어 익숙해지면 그런 형식적인 요소들은 그리 중요한 문제나 고려요소가 되지 못한다. 오히려 그러한 요소들에 신경 쓰지 않을수록 좋다. 내가 필요하면 언제 어디서든 자연스럽게 그리고 쉽게 하는 것이 명상이어야 하기 때문이다. 다만, 명상이 익숙해질 때가지는 가능한 한 좋은 습관이 몸에 배도록 최적의 조건으로서 그 기본원칙들을 안내 · 제시하는 것으로 이해하면 된다.

8-1 자세

1) 좌법(坐法) : 앉아서 명상하기
2) 와법(臥法) : 누워서 명상하기
3) 보법(步法) : 걸으면서 명상하기

명상할 때에 특별한 자세가 정해져 있는 것은 아니나 명상의 본질을 충분히 이해하고 그 목적을 전제한다면 그에 맞는 이상적인 자세는 분명 있다. 곧, 명상을 자주 오래해야 하고, 그것이 신체적 건강에 조금도 해가 되지 않아야 하며, 하고자하는 명상을 방해하지 않고 도와주는 자세여야 하며, 현실적으로 쉽게 취할 수 있는 자세여야 함은 두말할 필요가 없다. 이러한 조건들을 만족시켜주는 자세라면 그 어떤 것이든 상관없다.

명상 생활을 바탕으로, 그동안 취할 수 있었던 자세들을 놓고 보면 크게 세 가지로 나누어 볼 수 있다. 곧, 앉아서 하는 방법, 누워서 하는 방법, 그리고 가볍게 걸으면서 하는 방법 등이 그것이다. 이것들을 굳이 한자로 바꾸어 표현하자면, 좌법坐法 · 와법臥法 · 보법步法이라 할 수 있다.

1) 좌법에 대하여

명상하면 당연히 앉아서 하는 것으로 알고 있다. 앉는 방법
도 여러 가지가 있을 수 있는데, 널리 알려진 자세로는 ①가부
좌跏趺坐가 있고, 이 가부좌에서 변형된 ②반가부좌가 있다. 그
리고 ③양반자세가 있고, ④기능성 의자에 앉아서 하는 방법
등도 있다.

가부좌란 무엇인가? 글자 그대로 풀이하자면, 책상다리할
跏가, 책상다리할 趺부, 앉을 坐좌 자字로, 사람이 책상다리 모
양새로 앉는 것을 말한다.

그렇다면, '책상다리'란 무엇인가? 책을 쌓아놓거나 책을 펴
놓을 수 있는, 작은 평상이나 마루 모양을 한 床상의 다리가 책
상다리이다. 그런데 사전적 풀이로는, 사람이 두 다리의 무릎
을 완전히 굽혀 몸 쪽으로 끌어당겨 앉되, 어느 한 쪽 다리를
다른 쪽 다리 위로 포개어 앉은 자세를 두고 우리는 '책상다리
를 했다' 한다. 엄밀히 말하면, 반가부좌인 셈이다. 그러니까,
왼쪽이든 오른쪽이든 어느 한 쪽 다리가 다른 한 쪽 다리 위로
포개어진 상태인 절반의 가부좌인 것이다. 왜, 이를 두고 '책
상다리'라 했는지는 알 수 없지만 허리가 곧게 선 채로 앉아 있
는 모습이 책상의 움직이지 않는 다리처럼 보였기 때문인지,
아니면 책상 앞에 앉아 공부할 때에 흔하게 취하는 자세였기
때문인지는 모르겠다.

여하튼, 명상할 때에 우리는 왜 가부좌를 먼저 떠올리며, 실
제로 가부좌를 취하려고 애를 쓰는 것일까? 여기에는 그럴 만

한 이유가 있다. 그것은 불교를 창시한 부처님 이전부터 고대 인도 지역에서 도道를 구하는 힌두교 수행자들이 가부좌를 취했었고, 부처님 역시 이 가부좌를 취했었는데, 그 힌두교 영향권 안에서 부처님이 창시한 불교가 중국을 거쳐 우리나라에 전래되었고, 또한 인도의 힌두교나 불교·자이나교 등의 영향을 받은 인도의 요가가 뒤늦게 소개되면서 수행의 기본자세인 이 가부좌가 고정관념처럼 굳어졌기 때문이다. 그리하여 누구나 명상을 하려면 의당 가부좌부터 해야 하는 것처럼 당연시 해왔던 것이다. 그것도 왜 그런 자세를 취해야 하는지조차 정확히 알지 못하면서 말이다.

가부좌란, 두 다리의 무릎을 굽혀서 아랫다리를 몸 안쪽방향으로 ×모양으로 교차시키되, 오른발의 발바닥은 왼쪽 대퇴부 안쪽 위로, 왼쪽발의 발바닥은 오른쪽 대퇴부 안쪽 위로 올라오게 하되 발바닥이 하늘이 보이도록 취하는 자세. 이런 자세를 온전하게 취하게 되면, 양쪽 엉덩이가 나란히 바닥에 닿으며, 좌우 45도 방향으로 나아간 두 무릎이 요추와 역삼각형이 되어 밑면이 넓어지면서 밑바닥에 수평이 되어 무게중심이 안정됨과 동시에 허리의 척추가 자동적으로 곧추서게 된다. 척추가 곧추선다는 것은 오래 취하여도 척추가 굽어지는 무리가 가해지지 않는다는 뜻이며, 동시에 졸음을 방지하는 효과도 있다. 바로 이런 이유로 가부좌를 취하게 되는데, 문제는 종아리와 대퇴부가 두툼한 사람은 두 발바닥이 하늘이 보이도록 올라오지 않는다는 사실이다. 허벅지와 종아리에 살이 없어야, 다시 말해, 다리가 가늘고 길어야 가능한 자세이다. 물론, 이는 체형과 관련되어 있긴 하지만 수행자의 금욕적인 생활과도 연관되어 있다고도 볼 수 있다. 오늘날도 인도에 가서 보면, 힌두교 · 불교 · 자이나교 등의 종교 수행자들은 금욕적인 생활로 몸이 야위어 있음을 어렵지 않게 확인할 수 있다. 그들 가운데에는 고기는 말할 것도 없고, 달걀이나 나무뿌리조차 먹지 않는 사람들도 있으며, 그들은 거의 깡마르고 심하게 야위어 있다. 그래서 그들에게 가부좌란 자세는 너무나 쉽고 자연스런 것이다.

그런데 하체가 짧고 다리가 두툼하면 가부좌를 취할 수 없다. 그런 사람들은 가부좌 대신에 반가부좌를 취하게 되는데, 양쪽 엉덩이가 나란히 바닥에 닿지 못하기 때문에 오래 자주 취하게 되면 자칫 골반이 삐뚤어질 우려가 있으며, 한쪽 다리에 눌린 다른 쪽 다리는 혈액순환이 원활하지 못해서 금세 다리가 저려온다. 이를 막기 위해서는 수시로 두 다리를 교차시켜서 위아래를 바꿔줘야 하는 번거로움이 있다. 이 번거로움은 자칫 정신집중을 방해하는 요인이 될 수도 있다. 따라서 가부좌가 불가능한 사람은 반가부좌보다는 '양반자세'를 취하는 것이 더 좋다. 다만, 개인적인 습성에 따라 다르겠지만 허리를 자신도 모르게 굽히게 되므로 척추를 곧추세우려는 의식적인 노력이 필요하다. 허리가 곧추서지 않으면 그만큼 허리에도 좋지 않을 뿐 아니라 심신이 이완되어 졸음이 쉬이 밀려오기 때문이다.

이들(가부좌 · 반가부좌 · 양반자세) 외에 변형된 한 가지 자세가 더 있는데, 이것은 두 발바닥을 마주치게 붙인 다음 앞으로 약간 뻗어서 마름모꼴을 유지하는 것이다. 역삼각형과 마름모꼴의 차이인데 안정감은 역시 역삼각형이 낫다. 마름모꼴 자세는 너무나 쉬운 자세이긴 하지만 양쪽 무릎이 바닥에서 떨어지려는 경향이 있어 신경이 쓰인다.

이러한 자세들을 취하기 불편한 사람들은 가장 쉽고도 가장 편안한 방법인 기능성 의자에 앉으면 된다. 높낮이와 기울기를 조절할 수 있는 컴퓨터 의자나 흔들의자 등 기능성 의자에 앉아서 명상할 수 있으나 편안한 만큼 졸음이 쉬이 몰려오거나 공간적인 제약을 받는 단점이 있다.

2) 와법에 대하여

말 그대로 편안히 누운 상태에서 하는 명상이다. 눕는 장소에 따라서 눕는 방식도 달라지겠지만 일반적으로, 두 다리를 쭉 뻗고 누워 하늘이나 천정을 정면으로 바라보면서 하는 명상도 있을 수 있고, 자연스럽게 잠을 자듯 옆으로 누워 할 수도 있다. 아니면, 상체 쪽이 비스듬히 올려지는 병원침대 등에 누워서도 할 수 있다. 건강상태나 신체상의 장애 등 여러 가지 이유에서 좌법이나 보법을 취할 수 없는 사람들이나, 명상을 생활화하여 몸에 밴 사람들이 언제 어디서든 주어진 조건하에서 쉽게 취할 수 있는 자세라고 보면 된다.

3) 보법에 대하여

천천히 걸어 다니면서 하는 명상이다. 걷는 단순한 동작이 명상에 방해가 되지 않아야 함은 물론이고, 그것이 오히려 생각하는 일에 자극이 되거나 도움이 되어야 한다. 그러기 위해서는, 걷는 곳이 어디든 눈에 익고 발에 익어 아주 익숙해진 곳일수록 좋다. 그리고 가능하다면, 그곳의 공기가 맑고 깨끗하며, 기온도 적당하고, 선선한 산들바람까지 불어주는 곳이라면 더없이 좋다. 뿐만 아니라, 그곳의 향기도 좋아야 한다. 그래서 흔히 잘 닦여진 숲길이나, 산책로나, 정원이나, 좁지만 조용하고 쾌적한 실내가 될 수도 있다.

문제는 한눈팔지 않게 적당한 거리의 길을 걷는 것이 좋다. 너무 긴 거리나 새롭고 낯선 거리를 걷는 것은 자칫 명상보다도 '산책'이 되어버릴 가능성이 커진다. 그렇다고 너무 먼 거리를 걷는 것은 '운동'이나 '고행'이 될 수 있기 때문에 잡념을 제거하는 궁여지책으로서의 한 방법이 되기는 하나 명상에는 크게 도움이 되지 않는다. 따라서 명상하며 걷는 곳이란 무엇보다 편안하고 안전하고 익숙해진 곳이어야 하며, 짧은 거리를 왔다 갔다 하는 것이 좋다고 본다. 조금 과장하자면, 눈을 감고도 걸을 수 있는 곳이 좋다는 뜻이다. 그만큼 생각에 집중할 수 있기 때문이다.

8-2 호흡

1) 가장 일반적인 호흡법
2) 여러 가지 감정이 격앙된 상황에서의 호흡법
3) 신체 내부의 장기(臟器)에 자극을 주는 호흡법

사람에게 있어 호흡이란, 코나 입으로 들이마신 공기가 기관지를 거쳐서 모세혈관에 싸여 있는 폐의 폐포[pulmonary alveolus, 肺胞 : 허파로 들어가는 기관지 끝에 붙어있는 포도송이 모양의 작은 공기주머니로 '허파꽈리'라고 함]로 들어가 그곳에서 산소는 흡수되고 혈액 내에 있는 이산화탄소가 배출되는 과정을 호흡이라 한다. 단순히 코나 입으로 공기를 들이마시고[들숨] 내밭는[날숨] 것을 외호흡이라 하고, 산소와 이산화탄소의 교환을 통해서 이루어지는, 그러니까, 폐의 폐포에서 받아들인 산소를 혈액속의 헤모글로빈이 세포 내 미토콘드리아로 운반해주어 미토콘드리아가 그것을 이용하여 포도당과 같은 영양분을 분해시켜서 에너지를 얻는 과정을 내호흡 곧 세포호흡이라 한다. 외호흡은 내호흡을 위해서 존재하는 과정으로 생명현상을 유지하거나 고양시키기 위해서 없어서는 안 되는 신진대사이다. 따라서 호흡은 그 자체로서 생명현상이라고도 말할 수도 있다. 호흡이 중지되면 다른 기관의 기능도 모두 곧 중지되기 때문이다. 이를 가장 극명하게 드러내 놓고 있는 고대古代의 문장이 있다면 성경의 "호흡이 있는 자마다 여호와를 찬양할지어다(시편 150:6)."이며, "그 호흡이 끊어지면 흙으로 돌아가서 당일에 그 도모圖謀가 소멸하리로다(시편 146:4)."이다. 한마디로 말해, '호흡은 곧 생명이라'는 뜻이 반영된 적절한 표현이라 할 만하다.

그렇다면, 호흡과 명상과는 어떤 상관관계가 있을까? 특별한 호흡법이 있다면 명상을 하는 데에 있어서 그것이 방해되지 않고 도움이 되어야 한다는 대전제로부터 나올 것이다. 게다가, 큰 틀에서 명상을 바라보면, 몸은 쉬게 하면서 마음만 가동하는 상태이기 때문에, 그리고 몸과 마음의 활동량에 따라 호흡이 저절로 조절되기 때문에 특별한 방법이 필요치는 않다고 본다. 그냥 몸과 마음이라는 생명 현상의 자연에 맞기면 된다는 뜻이다.

1) 가장 일반적인 호흡법

명상 제1단계에서 몸과 마음을 차분하게 가라앉히고 끊임없이 일어나는 잡념을 물리치기 위해서, 주의를 집중하고 심신을 이완시키기 위한 방편으로 반복 리듬을 타기 위한 호흡으로서 들숨과 날숨을 일정하게 통제할 필요는 있다.

그리고 명상 제1단계의 결과로서 얻어지는, 온전한 무념무상의 상태는 아니지만 그와 가까운 상태를 유지하게 되면, 그야말로 숨을 쉬는 둥 마는 둥 몸이 알아서 필요한 호흡을 자동으로 조절해 준다. 설령, 명상 제2, 제3단계에서처럼 몸을 가만히 놔둔 상태에서 마음속으로만 무언가를 떠올리며 생각을 계속해야 하는 사고력 집중이 요구된다 해도 그에 맞는 호흡의 완급緩急과 장단長短이 자동적으로 조절되기 때문에 크게 신경쓸 필요는 없다.

결과적으로, 명상에서 호흡은 심신을 이완시키고 주의를 집중시켜 잡념을 물리치기 위해서 반복리듬을 타는 방편으로 들숨 날숨을 의도적으로 일정하게 할 때에만 약간의 통제가 필요하다는 뜻이다. 이때 들숨과 날숨의 길이와 그것이 일정한 간격으로 반복되는 규칙성이 무엇보다 중요하다. 들이쉬고 내뱉는 공기의 양量에 대해서는, 여러 주장이 있으나 다 무시하되, 평상시 호흡보다 약간 길게 하는 것이 좋으며, 의도적으로 코로 들이쉬고 코로 내뱉는 것이 좋다. 그리고 그 간격을 일정하게 하여 지속하는 것이 좋다. 처음에는 다소 불편해도 자주 되풀이 하여 하다보면 자연스럽게 몸에 배이게 된다.

2) 여러 가지 감정이 격앙된 상황에서의 호흡법

일상 속에서 감정적 동요가 아주 심하게 일어나는 상황에 직면했을 때에, 예컨대, 불안감이 극도로 커져서 공포감에 휩싸이거나, 억울함을 당하여 울분이 치솟거나, 수치심으로 어쩔 줄 모를 때가 있다. 뿐만 아니라, 좋지 못한 일로 심장이 마구 두근거리고 숨이 가빠지며 흥분될 때도 있다. 이럴 때에는 대개 혈압이 급상승하면서 순간적으로 우발적인 말과 행동을 자신도 모르게 하게 되는데 바로 그것을 피하지 못하면 더 큰일이 야기될 수도 있다.

그러나 잠시잠깐 동안의 호흡만으로도 그것을 피할 수 있다. 그 호흡법이란 다름 아닌, '심호흡'이다. 그렇다면, 심호흡을 어떻게 해야 하는가?

일단, 현장에서 뒤돌아서라. 그리고 눈을 지그시 감거나 아니면 하늘을 올려다보라. 그리고 가장 길게 최대한으로 숨을 코로써 들이마시라. 그리고 잠깐 멈춰라. 그리고 가장 길게 천천히 코나 입으로써 내품어라. 이런 호흡을 서너 차례만 되풀이하면 된다. 이런 상황에서는 숨을 들이 쉴 때에 코로써 하고 내쉴 때에는 입으로써 하는 것이 가장 이상적이다. 한 번의 호흡이 이루어지기까지 보통 10~13초 내외가 될 터인데 들숨보다 날숨의 길이가 조금 더 길어지는 경향이 있다.

이런 심호흡을 몇 차례 하다보면 치솟았던 감정이 다소 가라앉으면서 감정 동요의 원인을 생각하게 됨으로써 자신의 언행을 신중히 하게 된다. 이런 심호흡이 아무것도 아닌 것 같지만 상당한 효과가 있다. 심지어는, 가슴이 답답해지면서 꾹꾹 찌르는 듯한 협심증(Angina Pectoris) 같은 통증이 갑자기 지각될 때에도 이 심호흡을 지속하면 호전되기도 한다.

3) 신체 내부의 장기臟器에 자극을 주는 호흡법

몸이 나른하다거나 무기력해졌을 때에는 따뜻한 물로 샤워를 하고 잠을 청해야 한다. 바로 그 때에 잠자리에 누워 잠들기 전에 행하는 매우 특별한 호흡법이 있다. 이 호흡법을 잘 활용하면 어깨 결림이나 목과 허리가 아플 때에도 직접적인 스트레칭을 하는 것과 같은 상당한 효과가 있을 뿐 아니라 잠도 잘 자게 된다.

이 특별한 호흡법을 하려면 먼저, 평평한 바닥에 큰 大대 자로 천정을 바라보고 눕되 베개는 베지 않는 것이 좋으며, 턱은 굽은(바닥에서 떨어지는) 목뼈 부분이 바닥에 닿도록 최대한 앞가슴 쪽으로 당긴다. 그리고 두 다리는 자연스럽게 뻗고 발부리는 앞으로 당겨 종아리 근육을 최대한 긴장시켜야 한다. 그리고 두 팔은 양쪽으로 쭉 뻗되 열 손가락을 부챗살처럼 펴되 천정을 향하도록 하고 힘이 들어간 상태를 유지하는 것이 좋다. 물론, 두 손을 배위에 가지런히 올려놓을 수도 있고, 머리 위로 깍지를 끼듯 마름모꼴을 만든 상태에서도 할 수 있다. 이러한 자세를 취하는 것도 처음에는 번거롭고 힘이 든다. 그러나 연습하다보면 쉽게 된다.

이렇게 누운 상태에서 호흡을 하는데, 먼저 코로써 가장 길게, 최대한의 공기를 들이마신다. 그 다음, 숨을 멈추고 아랫배에 힘을 주어 그 들이쉰 공기를 작은 공처럼 압축시켜서 목에서부터 가슴과 아랫배 쪽으로 밀어내어 굴리듯 한다. 이때에 용을 쓰듯 힘을 써야 하는데, 쭉 폈던 열손가락이 몸 밖의 기운을 빨아들이듯 해야 하고, 두 종아리는 최대로 당겨지고 있음이 느껴져야 한다. 바로 이 상태에서 목이나 얼굴에 핏줄이 돋아나도록 힘[용]을 쓴다. 이 힘쓰는 과정에서 머리를 약간 치켜들어 바닥에서 떨어진 허리 밑 부분이 바닥에 닿도록 할 수도 있다. 이렇게 숨이 멎은 상태에서 소위 '용쓰기'를 하는데 버틸 수 있는 만큼 버티다가 더 이상 참을 수 없게 되면 그 압축된 뱃속의 공기를 입을 통해서 내뱉는데 가능한 한 천천히 길게 내품으며, 그에 맞추어 몸에서도 긴장을 풀어 힘을 뺀다. 이때에 약간 들었거나 들렸던 머리를 천천히 내려놓으며, 긴장상태에서 이완상태로 완전히 전환하는 것이다. 이런 호흡을 한 번 하는 데에 약 10~15초 내외가 걸린다. 보통 2~4회 정도 반복하는 것이 좋다.

이 호흡법의 핵심은, 최대한으로 많이 공기를 들이쉰 상태에서 얼마나 오랫동안 버티다가 내뱉느냐가 중요하며, 그 과정에서, 그러니까 목에서 아랫배까지 밀고 내려갈 때에 얼마나 강하게 복부에 힘을 집중시키느냐이다. 가능한 한 최대한으로 코로써 들이쉬고, 가능한 한 길게 멈춘 상태에서 최대한으로 힘을 집중시키며, 공처럼 압축된 공기를 목에서부터 가슴을 거쳐 아랫배까지 밀고 내려가며 복부에 압력을 가하는 것이다. 그리고 들이신 공기를 입으로써 최대한 길게 천천히 내뿜어야 한다.

이 호흡법은 한 번 하는 데에 상당한 힘이 들기 때문에 한

자리에서 여러 차례 할 수는 없다. 그래서 일명 '용쓰기' 호흡법이라 부르기도 하는데, 그 원리는, 최대한 길게 들이마신 공기를 압축하여 몸 안에 가둬 놓은 상태에서 뱃속에 압력을 가함으로써 뱃속 장기들을 자극하는 것이고, 동시에 목뼈로부터 척추까지, 그리고 팔다리의 근육에까지도 엄청난 자극이 순간적으로 가해져 '균형'을 회복하는 데에 도움이 될 수 있다. 그리하여 자극을 받은 장기는 마치 새로운 힘, 그러니까 부추김이나 격려를 받은 것처럼 활발해지고, 목뼈와 척추 교정에도 물리적인 힘이 가해져 일정 부분 도움이 될 수 있는 것이다. 단, 이 호흡법은 비교적 젊고 건강한 사람에게 적절할 뿐 아니라 효과가 있다.

8-3 시간

명상에 '좋은', 혹은 '효과적인' 시간이 따로 정해져 있는 것은 아니다. 개인적인 삶이 펼쳐지는 시공간의 자연적인 환경과 개인의 생활 및 생체리듬이라는 변수들이 작용하여 자연스럽게 결정되는 것이기 때문이다. 자연적인 환경만을 고려한다면, 당연히 사람의 활동이 적고 거의 모든 생명체가 휴식을 취하는 밤늦은 시간이나 새벽시간이 좋다. 그것은 오로지 주위의 대기가 가라앉아 있고, 땅에서 받는 하늘의 기운이 부드러워졌기 때문이다. 그래서 새벽 4시가 아니면 5시를 말하는 사람도 있고, 밤 10시나 12시를 말하는 사람도 있는 것이다.

그러나 다양한 직업에 다양한 삶이 펼쳐지는 현대인들에게는, 자신의 생활조건과 생체리듬이 더욱 중요하게 작용한다. 우선, 내 몸과 내 마음이 피곤하지 않고 편안하여, 정신을 쉽게 집중시킬 수 있는 시간대가 좋은 것이다. 그 시간대라는 것도 사람마다 다르게 마련이지만 일반적으로 말하자면, 하루 일과를 모두 마치고 잠자리에 들기 위해서 샤워하고 난 직후라든가, 아니면 충분히 잠을 자고난 직후가 좋다고 생각한다. 이것은 어디까지나 신경 쓸 아무런 일이나 특별한 상황이 없는 평상시의 시간이라 보면 좋다. 그렇지 않고 격무에 시달린다거나 해결해야 할 현실적인 문제들이 많은 상황에서는 그 한 가운데에서 필요하다고 느낄 때마다 잠깐씩 하는 것이 좋다.

명상을 오래하여 습관이 되다 보면 시간의 제약을 크게 받지는 않는다. 오히려 마음이 어수선하고, 몸도 피곤하고, 긴장이 수반되기도 하는 일상 속에서 필요에 의한 명상을 의도적으로 해야 하는 경우가 많고, 몸도 마음도 어느 정도는 습관에 따라 길들여지게 되어 있으며, 또한 정작 필요할 때에 하는 것이 현실적인 도움이 되기 때문이다. 따라서 명상에서는 시간에 제한을 받지 않는 것이 오히려 지혜로운 것이며, 주변 환경과 내 마음속이 어수선하고 시끄러운 여건일지라도 그 가운데에서 하는 명상을 통해서 자기만의 조용한 시간을 누리는 것이 곧 명상자의 진정한 능력이라고 생각한다.

8-4 장소

　명상에 좋은 시간이 따로 정해져 있는 것이 아니듯 좋은 장소가 따로 정해져 있는 것도 아니다. '시간'과 '공간' 그리고 '나'라는 세 가지 요소가 자연스럽게 어울려 결정해 줄 뿐이기 때문이다. 일반적으로, 조용한 곳이 좋고, 마음이 편안해지는 곳이 좋다. 그러한 곳 역시 사람마다 상황에 따라 다를 수밖에 없다. 누구는 교회가 좋다하고, 누구는 암자에 가는 것이 좋다하며, 또 누구는 공동묘지나 산속 동굴이 좋다고 말할 수 있기 때문이다. 그렇듯, 경전의 기록을 보면, 부처님은 숲속 '나무 밑'이나 '동굴 속'을 좋아하셨다면 예수는 자기만의 '골방'과 '산속'과 '성전'을 좋아했다. 필자의 개인적인 생각으로는, 이미 익숙해져 있는 '자기만의 방안'이 가장 좋다. 그것도 너무 크거나 어수선하거나 요란스럽지 않고, 깨끗하며 아늑하고 소박한 방이면 된다. 흔한 아파트로 치면, 북쪽으로 나있는 가장 작은 방을 선택하여 명상하는 곳으로 사용하면 좋다.
　그러나 명상하는 일에 익숙해지면, 그리하여 자신의 마음이나 감정을 어느 정도 통제·제어할 수 있다면 시간과 장소에 크게 구애받지 않는다는 사실이다. 필요하다면 언제 어디서든 시간을 만들고 공간을 만들어 내어 그곳으로 들어가 명상할 수 있기 때문이다. 이때 만들어내는 공간이란 아파트의 작은 방으로 걸어 들어가는 것이 아니라 그것을 자신의 마음속으로 옮겨 놓는 일이다. 예컨대, 사무실 의자에 앉아서도 평소에 명상하던 내 집의 작은 방에 들어간 것처럼 여긴다는 뜻이다. 하긴 이쯤 되면 명상이 몸에 밴 사람으로 시공을 초월한 사람이라 할 수 있다.

대개 사람들은 머리와 수염을 길게 기르고 지팡이라도 하나 들면 도사道士인 양 생각하고, 가사袈裟를 걸치면 누구나 스님인 것처럼 여기듯이, 언제나 겉모습만 보고 얘기하기를 좋아한다. 그렇듯, 십자가를 목에 걸고 경전을 손에 들고 있는 사람의 말은 믿고 따르지만 누더기를 걸치고서 하나님의 뜻에 따라 사는 진실한 사람의 말은 거들떠도 보지 않으려 한다. 그들 눈에는 한낱 그가 걸인으로밖에 보이지 않으며 그의 진실을 볼 수 있는 눈이 없기 때문이다. 그래서 사람들은 한사코 자신의 겉모습을, 그러니까, 복장이나 학력이나 인품까지도 꾸미려고 애를 쓰는 것이다. 사실, 이러한 사람들에게 명상을 통한 깨달음이 필요한 것인데 정작 그들은 눈에 보이는 것만을 추구하기 때문에 명상으로부터 멀리 달아나 있는 것이다. 바꿔 말하자면, 자기 자신을 들여다보고 자신에게 솔직해져 가는 것이 부담스러운 사람들인 것이다. 바로 그들에게 추천해 주고 싶은, 좋은 명상처는 암자도 아니고, 기도원도 아니고, 산속도 아니다. 그것은 다름 아닌 '자기만의 골방'이다. 언제든지 쉽게 들어갈 수 있고, 들어가면 몸과 마음이 편안해지는, 비록, 침침하고 누추하지만 솔직하게 자신을 들여다보고, 솔직하게 자신과 대화를 나눌 수도 있는 '깨끗한' 방이다. 이런 골방에서 혼자 있는 시간을 가능한 한 많이 가질 필요가 있다. 그렇게 시작하는 명상이 몸에 배면 그 끝에는 내가 머무는 곳이 그 어디이든 다 골방이 되는 것이다. 이것을 체험해야 명상을 평소에 가까이한 사람이라 말할 수 있다.

내 안에 불을 꺼야 바깥세상이 잘 보인다.

—이시환의 아포리즘aphorism 145

명상과 관련된 좌선 · 묵상에 대하여

9-1 좌선(坐禪)이란
9-2 아리송한 선정(禪定) 3상(相)에 대하여
9-3 선정 4단계에 대하여
9-4 삼매(三昧)에 대하여
9-5 적멸과 해탈이란
9-6 선을 통한 공중부양과 축지 · 비행 능력에 대하여
9-7 어차피 분해되어 돌아갈 몸과 텅 빈 우주라
9-8 묵상 · 기도란

'명상'이란 일상 속에서 쓰는 현대인의 현실적인 용어라 한다면, '좌선坐禪'이란 힌두교 · 자이나교 · 불교 등에서 쓰는 수행과 관련된 용어이다. 그리고 '묵상'은 예수교 경전인 '성경'에서만 사용되고 있는 용어로 '기도祈禱'라는 말과 함께 쓰이고 있다. 이들 세 용어는 명상의 본질인 어떤 목적을 염두에 두고 필요한 대상에 대하여 골똘히 생각하는 공통점을 가지고 있지만 그 배경과 목적과 방법 등에서는 다른 면이 적지 않다.

9-1 좌선坐禪이란

1) 좌선(坐禪) : 앉아서[坐] 고요한[禪] 상태로 머무르는 일
2) 번뇌의 발원지 : ①탐 ②진 ③치 ④정신작용[思覺] ⑤등분(等分) 등
3) 번뇌 발원지에 따른 수행 화두 : ①탐 → 부정관(不淨觀), ②진 → 자심
   삼매(慈心三昧), ③치 → 인연법(因緣法), ④정신작용[思覺] → 아나반나
   (阿那般那) 삼매, ⑤등분(等分) → 염불삼매(念佛三昧)
4) 선 수행의 최종 목표 : 불고불락호청정념(不苦不樂護淸淨念)

　　글자 그대로 풀이하자면, 앉아서[坐] 고요한[禪] 상태로 머무르는 일이 곧 좌선坐禪이다. 다시 말해, 몸은 움직이지 않으나 마음속의 사유思惟로써 잡념雜念과 근심걱정[苦悶] 등을 다 물리쳐서 그 마음이 아주 편안하고 깨끗하고 고요한 상태[淸淨]로 머물고자 하는 과정이다. 이 과정을 '선禪 수행修行'이라 한다면 수행 과정의 정신집중인 삼매三昧를 통해서 얻게 되는 마음의 고요하고 깨끗한 상태, 바로 그 정점頂點을 '선정禪定'라 할 수 있다.

　　따라서 좌선이란, 조용히 앉아서 번뇌[雜念+苦悶]의 발원지인 다섯 가지 요소[①탐 ②진 ③치 ④정신작용[思覺]1) ⑤등분等分2)]들을 깨부수기 위해서 부처님의 가르침[法文]대로 생각하고, 믿으며, 집중하여, 온갖 번뇌를 소멸시킴으로써 얻게 되는 청정한 마

음의 상태를 유지함[護]이다. 그 청정한 마음자리는 번뇌의 발원지 자체가 사라져 고요하기 때문에 '적멸寂滅'이라 하기도 하고, 번뇌로부터 벗어나 온갖 근심걱정이 해소되었다는 점에서 '해탈解脫'이라고도 하는데, 그 적멸과 해탈을 얻고자 노력하는 수행 과정이 곧 선정禪定 수행, 줄여서 '선 수행'이라 한다.

그 선 수행의 구체적인 방법에 대해서는, 「좌선삼매경」[3]과 「반주삼매경」[4]을 비롯하여 여러 경들이 전하고 있다. 좌선과 관련하여 가장 구체적으로 설명하고 있는 경전이 바로 「좌선삼매경」인데, 이 경전에서는, 선 수행의 최종 목적을 온갖 번뇌의 발원지인 위 다섯 가지를 깨부수고 청정한 마음의 상태를

---

1) 정신작용[思覺]
'정신작용[思覺]'이라는 말은 「좌선삼매경」에서 나오는 말인데, 인간 번뇌의 온상을 ①탐 ②진 ③치 ④정신작용[思覺] ⑤등분 등으로 판단한 데에서 나온 용어이다. 경에 다르면 정신작용이란 탐욕의 정신작용 · 성냄의 정신작용 · 번뇌의 정신작용 · 친척관계의 정신작용 · 국토의 정신작용 · 불사(不死)의 정신작용 등이 있으며, 앞의 세 가지 정신작용을 '거친' 정신작용이라 하며, 뒤의 세 가지 정신작용을 '세밀한' 정신작용이라 한다. 거친 정신작용에서 나오는 번뇌를 '추병(麤病)'이라 하고 세밀한 정신작용에서 나오는 번뇌를 '세병(細病)'이라 한다. 이는 어디까지나 「좌선삼매경」에서 하는 말이지만 나는 이런 분류나 설명이 합당치 못하다고 생각한다.

2) 등분(等分)
'등분'이란 한자어는 「좌선삼매경」에서 나오는 말인데, 인간 번뇌의 온상을 ①탐 ②진 ③치 ④정신작용[思覺] ⑤등분 등으로 판단한 데에서 나온 용어이다.
'등분'은 성실견(性實見) · 착아견(着我見) · 단견(斷見) · 상견(常見) 등으로 세분되며, '성실견'이란 만물을 존재하게 하는 궁극적인 실체가 있다고 믿는 견해이며, '착아견'이란 오로지 자기 자신 곧 인간에게만 집착하는 태도이자 견해라 한다. 그리고 '단견'이란 세상의 종말을 믿는 견해이며, 상견이란 세상이 영원하다고 믿는 견해라는 것이다.
따라서 성실견은 철학이나 종교에서 말하는 절대자(絕對者) 혹은 신(神)에 해당하는 도(道)를 믿는 것이라 바꿔 말할 수 있고, 착아견은 현실적이거나 이기적인 생각에서 개인의 삶만을 최우선으로 여기는 태도이자 가치관이라고 말할 수 있다. 그리고 '단견'과 '상견'은 시작과 끝을 믿느냐 아니면 그 시작과 끝이 없는 '영원'을 믿느냐에 따라서 구분되는 상대적인 개념이라 할 수 있다. 이런 분류와 설명 또한 나는 합당치 못하다고 생각한다.

유지하는 '불고불락호청정념不苦不樂護淸淨念'에 두었다. 그러니까, 고통도 즐거움도 없는 맑고 깨끗하고 고요한 마음의 상태에 머물며 그 상태를 유지[保護]하는 것이 선 수행의 최종 목표인 것이다.

　그런데 번뇌의 발원지를 ①탐 ②진 ③치 ④정신작용[思覺] ⑤등분等分 등으로 판단했고, 그 발원지들을 깨부수는 데에 각기 다른 화두 곧 법문法文을 가지고 사고력을 집중시켜 나가야

---

3) 좌선삼매경(坐禪三昧經)

인간의 모든 잡념과 근심 걱정의 발원지를 ①탐 ②진 ③치 ④정신작용[思覺] ⑤등분(等分) 등으로 보고, 이들 다섯 가지 요소를 제거하기 위해서 나름대로의 방법을 제시 기술하고 있는 경이 바로 「좌선삼매경(坐禪三昧經)」이다. 이 경을 누가 언제 어디서 결집했는지 알 수 없으나, 5세기 초에 구자국 출신의 학승 구마라집[鳩摩羅什:343~413]이 중국 장안으로 초대되어 한역(漢譯)한 것을 '차차석'이란 사람이 우리말로 국역(國譯)했다 한다.

4)반주삼매경(般舟三昧經)

'반주삼매'라는 용어는 「좌선삼매경」에서 보살의 도를 설명하면서 나오는데 이에 대한 구체적인 수행방법을 설명하고 있는 경이 「반주삼매경」이다. 이 경은 후한(後漢)시대에 지루가참[支婁迦讖, Lokakema]이 중국 낙양(洛陽)에서 179년에 번역했다하며, 줄여서 「반주경(般舟經)」, 별칭으로 「대반주삼매경(大般舟三昧經)」·「시방현재불실재전입정경(十方現在佛悉在前立定經)」이라고도 한다.

'발타화보살'의 많은 질문들에 대해 부처님이 일일이 대답 설명해주신 내용인데, 반주삼매의 의미와 그 수행법과 그 공덕 등에 대해서 설명하였다. 경은 모두 16품으로 짜여있는데 「문사품」·「행품」·「사사품」·「비유품」·「무착품」·「사배품」·「수결품」·「옹호품」·「찬라야불품」·「제불품」·「무상품」·「십팔불공십종력품」·「권조품」·「사자의불품」·「지성불품」·「불인품」등] 그 핵심 내용인 즉 '현재불실재전립(現在佛悉在前立)삼매'를 얻기 위한 수행방법에 있다.

현재불실재전립(現在佛悉在前立) 삼매란, 시방삼세에 계시는 부처님을 현재의 모든 사람에게 나타나시게 하는 것으로 보살들이 이 삼매를 얻기 위해서는 5가지 일을 이루어야 한다. 곧, ①경을 통해서 모든 재앙을 벗어나고 모든 번뇌를 해탈하며 어두움을 버리고 밝음에 들어가며 모든 몽롱함을 다 소멸해야 함 ②다음에 태어날 곳을 바라지 않아야 함 ③다른 외도의 가르침[餘道]을 기뻐하거나 즐거워하지 않아야 함 ④다시는 애욕을 즐기지 않아야 함 ⑤행을 지키되 다함이 없게 함 등이다. 이러한 실천적 수행[行]과 공양·설법·염원 등이 충만하면 부처님은 위신력으로써 대중 앞에 모습을 드러내 보여, 부처님의 지계와 위신력과 공덕 등으로 수많은 국토가 모두 환히 밝아지며, 그 때 보살들은 시방의 부처님을 친견하고 설법을 듣고 그 내용을 모두 받아들이게 된다는 것이다.

한다는 것이다. 여기서 사고력을 집중시킨다는 것은, 가르치
는 대로 생각을 하고, 그 내용을 믿으며, 단계에 따라 실행해
옮기는 일이다. 문제는, 번뇌 발원지를 갖게 되는 인간의 몸과
마음이라는 현상이, 부처님이 인식한 내용들 곧 사대四大ㆍ사
성제四聖諦ㆍ사념처법四念處法ㆍ오온五蘊ㆍ오근五根ㆍ육입六入ㆍ
육경六境ㆍ심상心相ㆍ심행心行ㆍ삼학三學ㆍ삼계三界ㆍ팔정도八
正道ㆍ육바라밀ㆍ12인연 등과 밀접한 관계 위에서 설명되기
때문에 아주 복잡할 뿐만 아니라 모든 내용을 액면 그대로 다
받아들이기에도 곤란한 점이 없지 않다는 사실이다. [위 일련의
용어들에 대해서는 굳이 설명하지 않겠다. 이를 일일이 설명하게 되
면 논리 전개상 주객이 전도될 뿐 아니라 이를 모른다면「좌선삼매경」
을 읽는다 해도 그 내용을 이해하기 어렵기 때문이다. 따라서 불경들
을 읽어 위 내용들에 대해 먼저 알아야 선 수행법을 공부할 수 있다.]

　그러나「좌선삼매경」의 선 수행법 핵심을 간단히 소개하자
면, 부처님이 주신 계율을 먼저 잘 지키고, 그런 사람들에 한
해서 선 수행법을 가르치게 되는데, 번뇌의 발원지에 따라 해
당 법문[부처님의 가르침]으로 수행해야 한다는 것이다. 곧, 탐욕
이 많은 사람은 부정不淨의 법문인 부정관不淨觀을 익히고, 성냄
이 많은 사람은 자심慈心의 법문인 자심삼매慈心三昧로 다스리
며, 어리석음이 많은 사람은 인연의 이치를 사유하고 관찰하는
법문인 인연법因緣法으로 다스리며, 생각하여 지각知覺이 많은
사람은 생각을 쉬게 하는 법문인 아나반나阿那般那 삼매5)로 다
스리며, 등분하기 좋아하는 사람은 염불念佛의 법문인 염불삼

매念佛三昧로써 다스린다는 것이다. 이를 좀 더 이해하기 쉽게 다시 말한다면, 욕망이 너무 크고 많은 사람들은 그 욕망과 그 욕망을 내는 인간의 몸과 마음의 무상함과 더러움과 그 부작용 등을 생각하여 그것을 버려야 한다는 것이고, 화를 잘 내는 사람들은 부처님의 자비심을 배워 이타심을 내야 한다는 것이

---

5)아나반나(阿那般那) 삼매

팔리어 'ānāpāna'에 대한 한자 표기가 '阿那般那(아나반나)'이다. '아나'는 들숨, '파나'는 날숨을 뜻한다는데 결과적으로 호흡[息]이란 뜻이다. 따라서 이 '아나반나(阿那般那)삼매'란 '숨쉬기 삼매'라는 말로 바꾸어 쉽게 말할 수 있다.

그런데 『좌선삼매경』에서는 '정신작용[思覺]'이 지나치게 많은 사람들의 번뇌를 물리치기 위해서 수행해야 하는 법문으로서 제시되고 있는 것이 바로 이'아나반나(阿那般那)삼매'이다.

그렇다면, 숨을 어떻게 쉬는 것이 '아나반나(阿那般那)삼매'인가? '초습행'이라면 "한마음으로 생각하여 들숨과 날숨을 헤아린다. 길든 짧든 하나에서 열까지 헤아린다"는 것이고, '이습행'이라면 "하나로부터 열까지 헤아려서 호흡의 들어가고 나옴에 따라 생각과 호흡을 함께 마음의 한 곳에 멈춘다"는 것이고, '구습행'이라면 "수(數:헤아림) · 수(隨:따라감) · 지(止:멈추게 함) · 관(觀:비추어 봄) · 전관(轉觀:굴려 봄) · 청정(淸淨:깨끗함)의 아나반나삼매의 여섯 가지 문을 열여섯으로 나누라"는 것이다.

이러한 설명에는 두 가지 문제가 있어 보인다.

하나는, 경전에서 "정신작용이란, 탐욕의 정신작용 · 성냄의 정신작용 · 번뇌의 정신작용 · 친척관계의 정신작용 · 국토의 정신작용 · 불사(不死)의 정신작용이다."라고 풀이했는데 이는 분명 정신작용에 포함시킬 수 있는 내용일 뿐이지 그 개념에 대한 정의가 아니기 때문이다.

다른 하나는, 숨 쉬는 과정을 6가지 조각[①수(數:헤아림) ②수(隨:따라감) ③지(止:멈추게 함) ④관(觀:비추어 봄) ⑤전관(轉觀:굴려 봄) ⑥청정(淸淨:깨끗함)]으로 쪼개어 생각하는 것은 좋으나 – 사실, 이것도 불필요하지만 – 다시 16가지로 나누라는 말의 의미에 대해서는 보충설명이 있긴 있는데 경전 내에서는 분명하지도 않거니와 그 설명 과정 자체가 지나치게 난잡하다는 사실이다. 실제로, 명상을 통해서 마음을 맑고 깨끗하게[淸淨] 유지하되 일체의 잡념으로부터 시달리지 않는 상태[고요: 禪, 寂, 謐]에 진입하는 일에 오히려 방해가 될 공산이 크다. 한 마디로 말해, 개념정리가 분명하지 않은 점과 설명 자체가 난해하고 미흡하다는 문제가 있다.

위 16가지 행(行)이란 지(止:멈추게 함)에서 파생되어 나온 ①신념지(身念止) ②통념지(痛念止) ③심념지(心念止) ④법념지(法念止) 등에, 관(觀:비추어 봄)에서 파생되어 나온 ①무상관 ②출산관 ③이욕관 ④진관 ⑤법의지관 등을 더하고, 또 ①심생멸법(心生滅法) ②심염법(心染法) ③심불염법(心不染法) ④심산법(心散法) ⑤심섭법(心攝法) ⑥심정법(心正法) ⑦심사법(心邪法) 등 심상(心相) 7상을 더한 것이 아닌가 싶기도 한데 단정 지어 말할

고, 어리석은 사람들은 존재하는 현상들의 인과관계를 관찰하고 생각해야 하며, 생각과 지각이 많은 사람들은 그것들을 일으키는 인체의 메커니즘 곧 그것의 불완전성과 유한성을 이해하고, 그 생각과 지각이 얼마나 쉽게 변하며 의미 없는 것임을 깨달고서 오로지 부처님만을 생각하는 '염불念佛'을 통해서 그로부터 벗어나야 한다는 것이다. 이들 과정을 설명하는 내용이

수 없다. [솔직히 말해서, 우둔한 머리로써 해당 경전 내용을 수없이 읽고 읽었어도 일목요연하게 분별해 내기가 쉽지 않다. 이렇게 어려워서야 중생들이 어떻게 스스로 선정에 들겠는가. 물론, 중국어로 된 경전을 우리말로 번역하는 과정의 어려움 탓도 있어 보인다.]

나의 사족(蛇足)을 붙이자면, '정신작용'에 포함되는 여섯 가지 내용들은 결국 두 가지로 요약된다. 하나는 '욕심'이고, 다른 하나는 자신의 의지와 상관없이 떠오르는 불필요한 생각 곧 '잡념'이다. 쉽게 말해서, 그 욕심과 잡념에 의한 시달림이 곧 번뇌이고, 그 번뇌를 '정신작용' 내지는 '思覺(사각)'의 결과로서 말한 것이 아닌가 싶다. 그러니까, 인체의 감각기관으로 접수되는 자극에 대하여 뇌가 최종 판단을 내리는 과정과 뇌의 사유활동을 '정신작용'과 '사각'이라는 말로 표현한 것이지만 이는 적절치 못하다고 생각된다.
그리고 욕심은 적게 가지거나 내지 않으면 그만이지만 사실, 그러기가 대단히 어렵다. 살아서 생명현상을 유지하고 고양시켜 나가는 것 자체가 욕구이자 욕심이기 때문이다. 그래서 무욕(無慾)은 불가하지만 소욕(少慾)은 가능하다.
그리고 잡념 또한 통제하기가 결코 쉽지 않다. 특히, 욕심을 통제하지 못하면 잡념 또한 통제가 어렵다. 누가 잡념을 물리쳤다면 그는 명상의, 아니 선(禪)의 약 60% 이상을 이미 이룬 것이나 다름없다.
경전에서 말하는 정신작용[思覺]을 물리치는 선의 핵심은, 역시 '욕심'과 '잡념'에 대한 통제이다. 잡념을 물리치는 구체적인 방법에 대해서는 이해하기 쉬운 본서의 「4-2 잡념을 물리치는 방법」을 참고하면 될 것 같고, 욕심을 물리치기 위해서는 부처님의 가르침처럼 인생을 고(苦), 무상(無常), 무아(無我), 공(空) 등으로 여기면 되는데, 오늘날 누가 자신의 존재와 자신의 삶을 그렇게 생각하겠는가. 부처님은 한사코 인간의 몸을 더럽고 곧 사라질 것으로 여겼지만 오늘날 사람들은 그런 몸을 위해서 산다고 해도 틀리지 않는 상황이기 때문이다. 한 마디로 말해, 오늘날 사람들은 인간 삶이 무상한 것도 잘 알고 있고, 결국은 죽어 사라진다는 것도 잘 알고 있기에 사는 동안만이라도 갖가지 욕구와 욕망을 최대로 충족시키려고 부단히 노력하며 사는 것이다. 그런 삶의 과정에서 병든 몸을 치료하고 가능한 한 정신적인 스트레스를 덜 받으려고 명상하는 것이지, 부처님처럼 마음의 청정을 위해서 무소유(無所有)와 무욕(無慾)을 실천하지 않으며, 공(空)을 떠올리며 살지도 않는다.
그러나 지나친 욕망과 잡념으로부터 자유로워지려면 그에 대한 통제 기술이 필요한 것만은 사실이다. 그런데 그 절차와 기술이 너무 복잡하다면 실행에 옮기기가 어려울 것이다. 오히려 그 자체가 스트레스를 가중시키기 때문이다.

「좌선삼매경」에서 말하는 선 수행의 핵심인데, 그 내용이 지나치게 복잡한데다가 일방적으로 믿고 생각하고 상상해야 하는, 사실상의 '집착執着'이 요구되며, 일부의 내용은 지나칠 정도로 '과장誇張'되어 있기도 하고, 설명이 미흡 · 불완전하기도 하다.

한편,「육조단경六祖壇經」좌선품坐禪品에서는 '좌선은 마음에 집착함도 아니고, 청정에 집착함도 아니며, 또한 움직이지 않음도 아니라'며, '걸리고 막힘이 없어서 밖으로 일체 선악의 환경에 마음과 생각이 일어나지 않는 것을 좌座라 하고, 안으로 자성自性을 보아 움직이지 않는 것을 선禪이라' 주장하기도 한다. 이처럼 경전들을 읽다가 보면 경전과 경전 사이에 상반되고 모순된 주장들이 나타나기도 하는데 이는 먼저 결집된 경전에 대하여 다르게 이해하고 해석하거나 그것들이 끊임없이 업그레이드되어 왔기 때문이라고 생각한다.

작은 것에 매달려 큰 것을 놓치는 어리석음은 부분을 보되
전체를 보지 못하는 데에서 오는 결과이다.

−이시환의 아포리즘aphorism 134

9-2 아리송한 선정禪定 3상相에 대하여

> 1) 선정3상 : ①관정(觀淨) ②열락(悅樂) ③정관(淨觀)
> 2) 선정을 방해하는 다섯 가지 인자 : ①탐욕(貪慾) ②진에(瞋恚)
>   ③수면(睡眠) ④도회(掉悔) ⑤의법(疑法)

「장아함 반니원경長阿含 般泥洹經」에 의하면, 부처님이 '아난다'와 함께 '콜리성' 북쪽 나무 아래에 머무시며 비구들에게 계戒·정定·혜慧의 의미와 그 중요성에 대해 설명하였고, '녹야원'에 계실 때에도 이교도 '카샤파'의 질문을 받고서 계戒·정定·혜慧의 삼매三昧에 대해 설명하셨는데, 그를 간단히 줄여 말하자면, 계戒란 부처님이 주신 계율을 잘 지키며 실천하는 것이고, 정定이란 좌선을 통해서 선정禪定에 드는 일이며, 혜慧란 선 수행 과정에서 깨우쳐 지혜를 얻는 일이다. 따라서 계율을 실천하고, 선정을 닦으며, 지혜를 얻는 것이 무엇보다 중요하다며, '계율을 잘 지키면 선정을 배울 자격이 주어지고, 선정을 배워 닦으면 지혜가 저절로 밝아지게 마련이므로 이 세 가지를 두루 닦기 위해서 수행 정진하라'고 강조하였었다.

바로 그 정定의 구체적인 방법론을 설명하고 있는 경전 가운데 경전이 바로「좌선삼매경」인데, 그에 따르면 선정이란 온갖 번뇌의 근원인 탐욕과 성냄과 어리석음[三毒]과 사각思覺, 등분

等分 등을 물리치기 위해서 개인별·단계별 상황에 맞는 한 가지 생각에 몰두함으로써 해당 번뇌가 사라지고, 그럼으로써 오로지 맑고 깨끗하고 고요한 마음의 상태를 유지함이라 했다. 한편, 「육조단경六祖壇經」 좌선품坐禪品에서는, '밖으로 상相을 떠남이 선禪이며, 안으로 어지럽지 않음이 정定이라'고 좌선의 의미이자 그것의 결과인 마음의 상태를 아주 간단명료하게 말하기도 한다.

그런데 「좌선삼매경」에서는, 선정에는 세 가지 상[相:양태, 모습, 단계]이 있다고 한다. 곧, ①관정觀淨 ②열락悅樂 ③정관淨觀 등이 그것이다.

해당 경전의 설명에 따르면, '관정'이라 함은, 마음이 고요하게 머무는 것으로, 신체는 따뜻해지고 부드러우며 가볍고 편안해진다. 그리고 '백골'[마음속으로 떠올려지는 자신의 두개골과 그 안의 뇌가 해당하지 않을까 싶음]은 하얀 마노와 같이 빛을 낸다 한다. 그리고 '열락'이라 함은, 몸은 여전히 욕계欲界에 머물러 있어서, 4대[몸을 이루고 있는 4가지 요소 곧, 地·水·火·風]가 지극히 크고 유연하고 쾌락하며 색깔이 윤택해지고 정결하며 빛이 넘치고 온화하고 기쁨에 들뜨는 상태라 한다. 동시에 '백골' 속으로 광명이 비친다 한다. 그리고 '정관'이라 함은, 살을 제거하고 뼈를 관하여 마음이 한 곳에 머무는 상태라 한다. 참으로, 불완전하고 불충분한 설명이다.

이처럼 「좌선삼매경」은 설명을 요구하는 갖가지 개념[用語]들로 가득한데 그 설명이 불충분하고 명료하지 못한 결정적인 흠이 있다. 경전의 원본 탓인지 번역상의 문제였는지는 알 수 없지만 여러 차례 분석적인 눈으로 읽고 또 읽어도 쉽사리 이해되지 않는다. 뿐만 아니라, 경전의 내용이 모두 옳다고도 볼 수 없다. 예컨대, 「반주삼매경般舟三昧經」에서는 선정을 방해하는 다섯 가지 인자로, ①탐욕貪慾 ②진에(瞋恚) ③수면睡眠 ④도회(掉悔 : 심한 후회) ⑤의법(疑法 : 법에 대한 의심) 등을 들고 있지만 나의 명상 경험으로 비추어보면, ①지나친 욕심[욕구·욕망], ②심한 감정적 동요[슬픔·기쁨·괴로움·흥분 등], ③신체적 정신적 피로, ④자포자기·체념·절망 등으로 나타나는 목적의식 상실 등이 무엇보다 크다고 본다.

이처럼 경전은 개념정리가 잘 되어 있지 않은 면이 많으며, 그 내용이 또한 모두, 반드시, 옳다고도 볼 수 없는 한계가 있기 때문에 공부를 했다는 사람들마다 같은 경전을 읽고도 다른 견해들을 내어 놓는 것이다.

여하튼, ①관정觀淨 ②열락悅樂 ③정관淨觀이란 선정 3상은, 마치 선(禪)을 ①初禪 ②2禪 ③3禪 ④4禪 등 4단계로 구분한 것과 마찬가지로 선의 최종 목적지인 '불고불락호청정념不苦不樂護淸淨念'에 이르는 과정에서 몸과 마음에 나타나는 현상을 설명해 주는 말이라는 판단이 든다.

나의 명상 경험으로 비추어보면, 잡념과 고민이 있어도 그들로부터 벗어나고자 명상하는 것만으로도 비교적 심신이 편안해지는 것을 느낄 수 있으며[觀淨:맑고 깨끗한 마음을 갖고자 생각하는

일], 화두 삼았던 문제가 해결되면서[깨닫게 되면서] 만족감과 새
로운 의욕과 그에 따른 기쁨이 생기었던 적도 있었다[悅樂:잡념
이나 고민 등이 사라지고, 궁금했던 문제가 해결되면서 수반되는 즐거움]. 뿐
만 아니라, 한 쪽에서는 새 생명이 태어나고 다른 한 쪽에서는
사람이 죽어나가는 세상을 보면서 만물이 사라지고 만물이 생
기는 텅 빈 공空을 상상하면서 심신이 편안해지고[淨觀:몸을 구성
하고 있다는 4가지 원소들을 하나하나 분리하여 그것만을 생각하는 일], 그
런 자신조차 없다고 여기면서 무원無願 · 무감각無感覺해지는 상
태[不苦不樂護淸淨念:고통도 즐거움도 없는 청정한 마음으로 머무는 상태]도
경험해 보았다.

　문제는, 이런 시간을 많이, 자주, 가질수록 자신의 심신이
상대적으로 깨끗해지는 것만은 틀림없는데 그것이 다른 사람
들과의 관계를 아주 불편하게 한다는 것이고, 신체적 퇴화가
진행되어 건강한 몸을 가지고 살기가 쉽지 않다는 것이다. 곡
물 중심으로 소량씩 생식生食하는 사람은 그렇지 않은 사람들
에게서 나는 냄새 때문에 붐비는 지하철을 타지 못하는 것과
마찬가지로 마음이 청결한 사람은 그렇지 못한 사람의 마음을
보기 때문에 스스로가 불편해지는 것이다. 그리고 선정 수행에
오래 오래 머물면 결과적으로 몸을 쓰지 않는 것이어서 신체적
기관들의 기능이 퇴화되어가기 때문에 예기치 않은 문제들이
생길 수 있는 확률이 그만큼 커진다.

9-3 선정 4단계에 대하여

선정 4단계 : ①초선(初禪) ②2선(禪) ③3선(禪) ④4선(禪)

「좌선삼매경」에서는 수행자의 수행 정도에 따라 그 방법과 내용을 초습행初習行 · 이습행已習行 · 구습행久習行 등 세 가지로 나누었고, 선정의 단계를 초선初禪 · 2선禪 · 3선禪 · 4선禪 등 4단계로 나누었다. 그런데 정작, 이들에 대한 설명이 미흡할 뿐만 아니라 불완전하여 분명하게 이해하기란 쉽지가 않다. 여러 차례 해당 경전을 읽은 사람으로서 가능한 범위 내에서 이해한 내용을 간단히 설명하자면 이러하다.

‘초습행’이란 선 수행을 처음 배우는 사람의 수행방법과 내용을 일컫고, ‘이습행’이란 조금 배운 경험이 있는 사람의 수행방법과 내용을 말하며, ‘구습행’이란 아주 오래 배운 사람의 수행방법과 내용을 일컫는다. 바꿔 말하면, 초급자 · 중급자 · 고급자로 수행자의 경력 · 능력 · 수준 등을 구분하는 것과 사실상 다르지 않다.

그리고 ‘초선’이란, 온갖 근심걱정과 괴로움을 안겨주는 것이 다름 아닌 '욕망'임을 '알고[배우거나 깨달아 믿으며]', 즐거운 마음[뜻]을 내어 그 욕망의 독성毒性을 생각하면서[관觀하면서], 그것을 버림으로써 근심걱정과 괴로움으로부터 벗어나 기쁨을 얻는 것이다. 이때 얻는 기쁨을 '喜覺희각'이라 하며, 몸과 마음은 욕계欲界에 머물러 있는 단계라는 것이다.

'2선'이란, 초선에서 깨달아 믿고[覺] 생각하여[觀] '한마음'을 얻었지만 그것[욕망을 버려서 근심걱정으로부터 벗어난다는 사실]에 대한 믿음[覺]과 생각[觀]이 본래의 청정한 마음을 어지럽히기 때문에 또 다시 번뇌가 생기게 되는데, 아예 그런 생각과 믿음을 없애버려서 본래 있던 청정한 마음만으로[內] 깨끗하고[淨] 기쁘고[喜] 즐거움[樂]을 얻는 것이다. 그러니까, 초선에서 얻은 기쁨을 오히려 근심으로 여기어 그조차 버리는 것이라 한다. 몸과 마음은 색계色界에 머물러 있는 단계이다.

'3선'이란, 기쁨이 없는 법[無喜法]을 행하여 마침내 기쁨의 경지를 여의고 진정한 즐거움[樂]인 인자仁慈함만을 내어 견지堅持하는 일이다. 무소유처無所有處에 머물며 오로지 자비심만을 내어 진정한 즐거움[樂]을 얻지만 무색계無色界에 머물러 있는 단계이다.

'4선'이란, 3선의 즐거움조차 근심으로 여기어, 오로지 청정淸淨만을 견지하여 불고불락호청정념不苦不樂護淸淨念이란 '한마음'을 얻는 것이다. 그러니까, 고통이 없지만 즐거움도 없는, 맑고 깨끗하고 고요한 마음으로써 생각하는 것도 아니고 생각하지 않는 것도 아닌 상태 곧 비유상비무상처非有想非無想處에 머물러 삼계三界를 초월하는 단계이다.

나는 이 '불완전하고' '모호한' 설명을 신뢰하지는 않는다. 따라서 이 선정 4단계를 무시해버리고, 명상 과정에서 체험했던 있는 그대로 다섯 가지 단계를 소개하고 싶다. 곧, 이미 앞에서 말한 명상3단계를 풀면 5단계가 되는데, ①몸과 마음의 긴장을 풀고 심신을 차분하게 가라앉히는 명상1단계 준비과정이 있고, ②자신의 의지와 상관없이 떠오르는 잡념들을 물리치는 명상2단계 준비과정도 있으며, ③욕심이나 집착이나 당면문제 등으로 인해서 생기는 근심걱정[苦悶]을 물리치는 명상3단계 실행과정도 있고, ④스스로 필요해서 선택한 화두에 대한 사고력을 집중시키는 명상4단계 실행과정도 있으며, ⑤감각기관과 뇌의 불필요한 활동이 거의 중지되는 백지상태의 청정함을 유지하고자 하는 명상5단계 최종과정도 있을 수 있다.

①은 명상을 준비하는 과정으로서 비교적 어렵지 않게 이룰 수 있지만 ②는 대단히 어렵다. 그래서 잡념을 없애는 과정이 곧 명상의 몸통처럼 여겨지고 말해지는 것이다. 그리고 ③도 결코 쉽지는 않다. 욕심을 버리고 집착하지 않으면 된다고들 쉽게 말하지만 죽음을 선고받기 전에는 결단코 쉽지 않은 일이

다. 산다는 것 자체가 욕구 충족활동이기 때문이다. ④는 자신의 관심이나 노력 등이 요구되는 일로써 평소에 노력하면 그렇게 어렵지는 않다. 오히려 ③보다도 쉽다. ⑤는 명상생활을 오래한 사람들이 체험할 수 있는 것으로 몸과 마음의 진정한 안식安息으로서 선정禪定에서의 적멸寂滅과 해탈解脫에 해당한다.

따라서 나의 명상5단계는 실행 난이도에 따른 구분이 아니라 명상의 최종 목적을 달성해가는 과정상의 자연스런 순서로서의 계단일 뿐이다. 그리고 명상을 한다는 것 자체도 어떤 목적을 전제로 하는 인간 행위이자 활동이기 때문에 넓은 의미의 욕구와 욕심을 충족시키고자하는 본질에서 벗어나지 못한다. 따라서 나에게는 명상 과정에 있을 수 있는 심신의 상태나 지향점을 두고 욕계欲界 · 색계色界 · 무색계無色界 따위의 용어들과 연관시켜 말하고 싶지는 않다. 생명은 물론이고 존재하는 모든 것들은, 그것이 형태가 있든 없든 다 욕계이고 색계에 속한 현상이라고 이해되기 때문이다.

한쪽에서는 무아(無我)를 주장하면서 다른 한쪽에서는
참나[眞我]를 직시하라는 게 부처님 세계이다.

─이시환의 아포리즘aphorism 156

9-4 삼매三昧에 대하여

> 삼매 : 번뇌의 발원지를 제거하기 위해서 그 직접적인 방법이나 수단이
> 되는 대상에게만 사고력을 집중하여 몰입된 상태

　범어 '사마디(समाधि : Samādhi)'의 음차로 삼마지三摩地 · 삼마
제三摩提 · 삼매지三昧地 등의 한자어로 표기돼 왔는데, 과연 이
'사마디'란 무엇일까? 나는 범어를 모를 뿐 아니라 그 사전도
없기 때문에 본래의 뜻을 알 수가 없다.

　그런데 내가 읽은 일련의 불경들에서는 염불삼매念佛三昧 ·
자심삼매慈心三昧 · 비심삼매悲心三昧 · 희심삼매喜心三昧 · 호심삼
매護心三昧 · 아나반나삼매阿那般那三昧 · 일체실견삼매一切悉見三
昧 · 공삼매空三昧 · 정삼매淨三昧 · 적삼매寂三昧 · 반주삼매般舟三
昧 · 현재불실재전립삼매現在佛悉在前立三昧 · 아란야나삼매阿蘭若
那三昧 · 금강삼매 · 일행삼매一行三昧 등 들어보지도 못한 많은
종류의 삼매가 있다는 것과 그와 관련된 내용들을 살펴볼 수는
있었다. 그 결과, '삼매' 라는 글자 앞에 붙은 낱말들은 삼매의
내용과 성질을 제한하는 말이고, '삼매'라는 말 자체는 그 내용
과 관련하여 어떠한 상태를 가리킴에 틀림없어 보인다. 그래서

인지 삼매에 대하여 우리 사전들에서 풀이하기를 '한 가지에만 마음을 집중시키는 일심불란一心不亂의 경지'라 하고, '하나의 대상에 마음을 집중하는 심일경성心一境性이라' 하기도 한다.

경전에서는 '삼매'라는 용어에 대하여 직접 풀이하고 있지는 않지만 내가 보기에는, 선禪의 최종 목적지인 고통도 즐거움도 없는, 오로지 맑고 고요한 마음[不苦不樂護淸淨念]이라는 최고봉에 도달하기 위해서 번뇌의 발원지들을 하나하나 제거해 가는 과정에서 안착하게 되는 작은 봉우리들에 올라섬이다. 예컨대, 화를 잘 내는 사람이 화로 인한 번뇌를 극복하기 위해서 자비심에 자신의 마음을 묶어두고 그 생각에만 몰입되어 있는 상태를 자심삼매라 하듯이, '등분'으로 인한 번뇌를 극복하기 위해서 오로지 부처님의 색신色身과 법신法身만을 생각하는 일에 빠져있는 상태를 염불삼매라 하듯이, 하늘과 땅 사이에 아무것도 없다고 생각하고 그 허공에 오로지 부처님의 생신生身만이 있다고 전제하고서 부처님의 몸의 모습과 가르침만을 생각하면 시방삼세의 모든 부처님께서 마음의 눈앞에 나타나는 상태를 일체실견삼매一切悉見三昧라 하듯이, 삼매란 번뇌의 발원지를 제거하기 위해서 그 직접적인 방법이나 수단이 되는 대상에게만 사고력을 집중하여 몰입된 상태라고 풀이할 수 있다. 이것을 현실적인 일로 확대 해석하자면, 어떤 목적 달성을 위해서 그 방법이나 수단이나 절차에 대해서만 관심을 갖고[마음을 묶어두고], 사고력을 집중시키는[믿고 생각하며] 일에 전력을 다하는 상태라 바꾸어 말할 수 있다.

그러나 불교에서 말하는 삼매란, 단순히 '정신통일', '사고력 집중'이라는 말로는 부족하다. 아주 오랜 기간 동안 분명한 목적의식을 갖고 추구하되 고도의 집중이 요구되는 집착執着으로써만이 가능하기 때문이다. 극단적으로 말해, 자기최면과 환시幻視·환청幻聽 등 환각작용이 일어나는 단계로까지 가야만 이 일체실견삼매를 체험할 수 있기 때문이다. 이는 분명 역설적인 모순이다. 무념무상無念無想·무아無我·무원無願의 청정한 마음을 유지함을 목표로 하는 선禪이 환각을 불러일으킬 정도의 집착과 집중을 요구하고 있기 때문이다. 이는 마치 인간의 몸과 마음이 무상한 '헛것'이라 하면서도 모든 일이 다 마음에 달려 있다고 말하면서 그 마음으로써 문제를 해결하려는 식의 경전들 간의 상충相衝이요 모순矛盾과도 같은 것이다.

9-5 적멸과 해탈이란

적멸 : 마음의 번뇌와 신체적 고통이 온전히 사라져서 그야말로 심신이
      고요하고 편안한 상태
해탈 : 온갖 번뇌의 근원지를 바르게 알고서 그로부터 온전히 벗어나
      심신이 고요하고 편안한 상태

적멸寂滅이란 무엇인가? 글자 그대로 풀이하자면, '고요하다, 쓸쓸하다, 편안하다' 등의 뜻을 지니는 寂적 자에 '멸망하다, 없어지다, 끄다' 등의 뜻을 지니는 滅멸 자의 합이기 때문에 '적멸'이란 '그 무언가가 없어져서 조용하다' 또는 '그 무언가가 사라져서 편안하다' 등의 의미를 지닌다. 그런데 그 없어지고 사라지는 대상으로서 그 무엇은, 번뇌와 고통 등이 되며, 심지어는 육신의 생명까지도 포함된다. 그래서 예로부터 불가佛家에서는 '번뇌와 고통이 사라져 편안하고 고요한 심신의 상태'를 일컬어 '적멸에 듦'이라 했으며, 한 사람의 목숨이 온전히 끊어져 죽음에 이르는 것도 '적멸에 듦'이라 했다. 여기서 한 걸음 더 나아가면, 새로이 생기거나 사라지는 것도 없는 절대적인 무無의 가상공간인 공空을 적멸의 핵核으로 상상해 볼 수 있을 것이다.

마음의 번뇌와 신체의 고통이 온전히 사라져서 그야말로 심신이 고요하고 편안한 '적멸'을 살아서 느껴보려면 과연 어떻게 해야 하는 것일까?

우선, 누워 있든 앉아 있든 몸을 조금이라도 움직여서는 안 된다. 부동의 자세를 취하라. 그리고 숨을 쉬지 않을 수야 없지만 가능한 한 그 숨조차 최소한으로 작게 쉬어야 한다. 그야말로 쉬는 둥 마는 둥해야 할 것이다. 그리고 특별히 생각하는 것도 없어야 한다. 그저 들리면 들리고 보이면 보이는 대로 지각되었던 것들조차 저절로 이내 사라져 버리게 해야 한다. 세상의 모든 것이 그러니까, 나를 에워싸고 있는 형태가 있는 것이든 없는 것이든 모두가 멀어져 가고, 마침내 그것들이 산산이 부서져서 가루가 되고, 그 가루나 티끌조차 사라져 감을 상상해야 한다. 그리하여 그런 무시무시한 시공을, 아니, 그런 시공조차 사라져 감을 상상해야 한다. 그리고 자신의 몸도 마음도 이미 사라져버렸다고 생각해야 한다. 이것이 불가능하다면, 자신의 존재를 그저 아무도 없는 너른 바닷가에서 나뒹구는 소라껍데기 하나쯤으로 생각하면서 바로 그것처럼 머물러 있어야 한다. 이것이 살아서 느끼는 적멸이다. 엄밀히 말하면, 멸[滅:없어짐]을 가장한 적막寂寞인 셈이다.

나는 이런 적막을 겁 없이 많이 누렸다. 어쩌면 그것은 나의 삶이 그만큼 소란스럽고 불편했다는 반증이기도 하다. 그 소란스러움과 불편함이 있었기에 그런 적멸을 가져다주는 명상을 스스로 원하고 해 왔다는 뜻이다.

그런데 이 적멸은 예기치 못한, 무서운 병을 안겨다 준다. 멀리 서서 바라보는 사람들은 적멸이 안겨주는 병을 알 리 없겠지만 명상을 가까이 하다보면 몸으로써 느낄 수 있다. 그 병이란, 적멸에 머물기를 자주 체험하면 할수록 오장육부조차 그에 점점 길들여지고 익숙해지면서 '살고자' 하는 의욕이나 활동보다도 '사라지고자' 하는 느긋함이나 편안함 쪽으로 자꾸만 기울어진다는 사실이다. 그리하여 움직이는 것이 싫어지고, 민첩성이 크게 떨어지며, 심신이 늘 그 자리에 머물기를 원하면서 적막의 고요함에 길들여짐으로써 점점 죽음의 영역으로 가까이 다가가는 것이다. 그 적막 한 가운데에는 다름 아닌 '죽음'이 있기 때문이다.

죽음이란 복잡한 구조를 가진 유기체 혹은 구조물의 기능정지이다. 기능이 정지되면 유기체의 안과 밖이 조용해진다. 그어떤 수고로움조차도 더 이상 필요로 하지 않으며, 기능이 정지된 유기체조차도 해체되어 사라져 갈 뿐이다. 끝내는 우주를 구성하고 있는 몇 가지의 원소로 되돌려질 뿐이다.

나는 여러분들에게 명상을 통해서 맛볼 수 있는 적멸의 피상적인 맛인 적막을 체감해 보되 그곳에 오래 머물지 말기를 권하고 싶다. 나는 적멸의 핵인 공허空虛에 압사당하여 진짜 적멸에 들기 전에 탈출을 시도해야 하는 판이기 때문이다. 적멸도, 집착과 같이 한쪽으로 기울어지는 배에 올라탐과 다를 바 없는 것이다.

그리고 해탈解脫이란 무엇인가? 글자 그대로 풀이하자면 '풀다', '깨닫다', '벗어나다' 등의 뜻을 지닌 解해 자에 '벗다', 벗기다', '야위다' 등의 뜻을 지닌 脫탈 자의 합이므로 '무엇에서 벗어나다', '무엇을 깨달아 알다' 등의 뜻이 된다. 목적어가 생략되었지만「장아함 반니원경長阿含 般泥洹經」에서는 음란함 마음, 성내는 마음, 어리석은 마음, 잡된 생각 등으로부터 벗어

117

남을 뜻한다 했다. 다시 말해, 계율을 지키고, 선 수행을 하고 지혜를 얻으면 번뇌의 근원을 알게 되고, 마침내 그 번뇌로부터 온전히 벗어남을 말한다. 그래서 흔히들 선 수행의 최종 목적을 '해탈' 또는 '적멸'에 있다고들 말하는 것이다.

9-6 선을 통한 공중부양과 축지·비행 능력에 대하여

① 마음의 힘
② 욕력(欲力) · 정진력(精進力) · 일심력(一心力) · 혜력(慧力)
③ 욕정(欲定) · 정진정(精進定) · 일심정(一心定) · 혜정(慧定)
④ 몸의 공계(空界)

불경佛經을 읽다보면, 중국 무협지에서 흔히 나오는 사람들의 공중부양空中浮揚과 축지법縮地法과 날아다니는 비행飛行 능력 등과 같은 소위 '신통력'이 자주 언급된다. 그래서 나는 무협지의 원조 격이 다름 아닌 '불경'이라고 오래 전부터 생각해 왔다.

불경 가운데 「좌선삼매경」에서는 다섯 가지 신통력을 배움으로써 사람의 몸이 뜨고, 날아다니고, 자유자재로 변화할 수 있다고 주장한다. 실로, 믿기지 않는 내용이므로 사람의 공중부양과 축지·비행과 변화가 가능하다고 주장하는 대목만 떼어내어 먼저 소개하고자 한다. 눈치 빠른 사람들은 그것만으로도 해당 경전과 다른 경전들의 신뢰도를 어느 정도 가늠해 볼 수 있으리라 믿는다. 아래 인용문은 중문으로 번역된 경전이 다시 우리말로 번역되었으되 제대로 되었다고 전제하고서 그대로 옮겨 놓는다.

다음으로 5통通을 배우니, 몸이 능히 날아다닐 수 있고 변화가 자유자재하다. 수행자는 한마음으로 욕정欲定·정진정精進定·일심정一心定·혜정慧定에서 한결같은 마음으로 몸을 관찰하고, 항상 가볍다는 생각을 지어서 날아다님[飛行]을 완성하고자 한다. 크든 작든[욕정이 지나치면 큰 것이 되고, 욕정이 덜하면 작은 것이 된다.] 이 두 가지는 모두 근심이니, 정진하고 지극히 정성스러우면 항상 한마음으로 사유하여 가볍다고 관할 수 있다. 마치 떠 있을 수 있는 사람은 마음의 힘이 강하기 때문에 가라앉지 않는 것과 같으며, 또한 원숭이가 높은 곳에서 떨어지더라도 마음의 힘이 강하기 때문에 몸에 고통과 걱정이 없는 것과 같이, 이것도 마찬가지여서 욕력欲力·정진력精進力·일심력一心力·혜력慧力으로 그것을 넓고 크게 하면 몸이 더욱 작아져 문득 몸을 움직일 수 있다. 또한 몸의 공계空界를 관하고 항상 이 관을 익히면 욕력·정진력·일심력·혜력이 지극히 넓고 커져서 곧 몸을 들어 올릴 수 있으니, 커다란 바람의 힘이 무거운 것을 보내어 먼 곳에 도달하게 하는 것과 같이 이것도 또한 그러하다. 처음에는 마땅히 스스로 시험하여 땅에서 떨어져 한 자, 두 자 그리고 점차 한 길[丈]에 이르고 다시 본래의 곳으로 돌아오니, 마치 새 새끼가 나는 것을 배우고 어린아이가 걸음마를 배우는 것과 같다. 사유하여 스스로 살펴서, 마음의 힘이 크면 반드시 먼 곳에 도달할 수 있다는 것을 알게 된다. 4대(四大:地·水·火·風)를 배우고 관하되, 지대地大를 제거하고 다만 나머지 3대를 관하여 심념心念이 흩어지지 않으면 문득 자재할 수 있으니, 몸이 걸림이 없어서 새가 날아가는 것과 같다. 마땅히 다시 배우고 익혀서 멀더라도 가깝다는 생각을 하면, 가까운 것이 먼 것을 없애버리게 된다. 또한 여러 사물을 변화시킬 수 있다. 만약 나무를 땅의 일종이라고 관하고 나머지 종류는 없애버리면 이 나무는 문득 변하여 땅이 되니, 왜냐하면 나무는 땅의 요소의 성분을 지니고 있기 때문이다. 물·불·바람·허공·금·은·보물도 모두 다 이와 같으니, 왜냐하면 나무에는 여러 가지 요소의 성분이 있기 때문이다. 이것이 초신통初神通의 근본이다.

「좌선삼매경」 하권 51~52쪽에 걸쳐 기술된 내용 그대로이다. 다섯 가지 신통력 가운데 하나인 초신통初神通을 설명하고 있지만 그야말로 '믿거나 말거나'이다. 구체적인 설명이 전제되어야 하는 단어들조차 그것 없이 사용되고 있고, 내용 자체도 모호하기 짝이 없다. 그래서 위 주장대로 따라한다 해도 축지법과 변신술은 말할 것도 없고 공중부양조차 불가능하다고 판단된다.

위 인용문에서 제일 키워드는 '마음의 힘'이다. 그 마음의 힘을 키우면 공중부양을 비롯하여 축지·비행도 가능하고, 변신술도 가능하다는 것인데, 그 '마음의 힘'을 키우기 위해서 먼저 수행으로써 키워야 하는 것이 다름 아닌 ①욕정欲定 ②정진정精進定 ③일심정一心定 ④혜정慧定 등이라는 것이다. 그렇다면, 이 네 개의 용어들에 대해서는 자세하게 설명되었어야 하지만 전혀 그렇지 못하다. 게다가, 이 네 가지를 넓게 하고 키우기 위해서 '몸의 공계空界'를 관觀해야 하고 그 관을 익혀야 한다는데 정작 '몸의 공계'라는 말의 의미조차 알 길이 없다. 역시 이말에 대한 충분한 설명이 있어야 하는데 전혀 그렇지 못하기 때문이다.

누가 이 경전의 내용만으로써 공중부양을 시도할 수 있으며, 축지·비행을 하고, 변신술을 마음대로 쓸 수 있겠는가? 단 한 사람이라도 나온다면 나는 나의 문장 해독력 수준이 극히 낮은 것으로 판단하고 다시 처음부터 공부를 시작해야 할 것이다. 그러나 지금까지도 수많은 사람들이 이를 시도·흉내 내었고, 앞으로도 흉내 내겠지만 실현되기도 전에 그들이 모두 늙어 죽어서 먼저 사라질 것이다.

욕정欲定·정진정精進定·일심정一心定·혜정慧定 등 일련의 용어들마다 끝에 붙은 '정定'자가 '정점頂点'과도 같이 '극에 달하다'라는 '수준'이나 '상태'를 설명하는 말이라고 나는 경전들을 읽으면서 생각해 왔다. 따라서 지상에서 뜨고자[空中浮揚] 한다면 그 목표를 달성하고자 하는 의욕을 내되 지극히 내야하고

[欲定], 그 목표를 달성하기 위해서라면 오로지 그 마음 한 가지로써[一心定] 지극 정성을 다하여 노력해야 하며[精進定], 합당한 지혜[慧定]를 발휘해야 한다는 뜻으로 이 네 개의 키워드를 해석하고 싶다.

그리고 '몸의 공계'란, 인간의 몸이 지地·수水·화火·풍風이란 4가지 요소로 구성되어 있다는 부처님 가르침에 입각하여 볼 때에, '地'라는 요소만 빼면 나머지 세 가지 요소가 다 흐르거나 날아가는 성질을 지녔다는 점을 전제로 몸이 가볍게 사라질 성질을 애당초 갖고 있다는 점을 염두에 두고서 그러한 말을 만들어 쓰지 않았나 싶다.

그러나 아무리 마음속으로 그 네 가지 원소들을 분리하여 하나하나 생각하며 제거해 나가도 몸이 가볍게 뜨거나 날아가지는 못할 것이다. 어디까지나 마음속 상상만으로 가능한 일일 뿐이기 때문이다. 몸은 그대로 앉아있지만 마음속에서나마, 그러니까 생각만으로 자신이 깃털이 되고 먼지가 되고 바람이 되어서 혹은 물이 되어서 자유롭게 날아다닐 수 있고 흘러갈 수 있다는 뜻이다.

개인적인 명상 경험을 소개하자면, 나는 내 몸을 문틈에 비추이는, 떠다니는 작은 먼지라고 생각하고, 머지않아 그 먼지조차 어디론가 사라져버리고, 아무것도 존재하지 않는 절대적인 공空의 세계로 들어간다고 상상하곤 했었다. 그래서 나는 현재의 몸과 마음의 무게를 현저하게 줄일 수는 있었고, 그 덕으로 현실적인 잡념이나 고민이나 고통을 비교적 쉽게 덜어낼 수도 있었다. 상대적으로 몸을 곧 없어질 것으로 여기고 무시했기 때문에 몸을 기꺼이 수단이나 도구처럼 혹사시키기도 했으며, 그 과정에서 몸으로 인한 고민은 상대적으로 적었다고 말할 수 있다. 그리고 고통도 비교적 잘 견디어내는 편이었다. 그렇다고, 몸을 공중으로 깃털처럼 가볍게 뜨게 한다거나 가고 싶은 곳으로 일순간에 날아가게 할 수는 없었다.

그런데 보다시피, 불경 가운데 하나인 「좌선삼매경」에서는 '몸의 공계'를 관하고, 그 관을 익히면 욕력 · 정진력 · 일심력 · 혜력이 지극히 넓고 커져서 몸을 들어 올릴 수 있고 비행할 수 있다고 주장한다. 이것이 한낱 과장된 수사修辭일 뿐임은 사실상 이미 증명되었다고 본다. 부처님께서는 마음으로는, 그러니까 말로는 생로병사를 완벽하게 초월하셨다지만 실재했던 당신의 몸은 생로병사의 과정을 여느 중생처럼 그대로 밟았다는 사실이 잘 말해주기 때문이다.

아버지 하나님은 인간에게 영생(永生)을 원치 않으셨는데
아들 예수님은 인간에게 영생 비법(秘法)을 가르쳐 주셨다.

−이시환의 아포리즘aphorism 158

9-7 어차피 분해되어 돌아갈 몸과 텅 빈 우주라

　오늘날 천문학에서는 우주가 텅 비어있고, 태양계가 텅 비어있고, 원자가 또한 텅 비어있다고 말한다. 공간의 크기 대비 질량을 따지면 그렇다는 것이다.

　우리가 눈으로 볼 수 있는 우주의 크기는, 무려 빛이 137억 년을 달려가는 크기라 한다. 그리고 약 천억 개의 별들이 '우리은하'에 있다는데 – 은하마다 별의 수가 균일하지는 않지만 – 그런 은하가 별의 수만큼이나 우주 안에 있다고 한다. 그럼에도 불구하고, 우주의 질량은 고작 10에 -29승 그램 퍼 세제곱 센티미터라는 것이다. 이를 다르게 표현하자면, 우주의 96퍼센트가 비어있고, 고작 4퍼센트가 원자原子로 되어있다 한다. 결과적으로 우주는 텅 비어 있다는 것이다.

　그런가 하면, 핵과 전자로 이루어진 독립된 세계로서 원자 하나를 떼어보아도, 그것의 지름이 대략 0.1나노미터인데 그 핵은 원자의 10에 4승 분에 1나노미터에 지나지 않는다는 것이다. 이해하기 쉽게 바꿔 말하면, 원자의 지름이 100미터라 한다면 그 핵의 지름은 1㎝정도밖에 안 된다는 것이다. 그렇지만 원자 질량의 대부분을 그 작은 핵이 차지한다. 결과적으로 원자 역시 텅 비어 있는 것이다.

　이런 시각에서 본다면, 별들이 가득한 밤하늘도 텅 비어있고, 모든 물질의 가장 작은 단위인 원소도, 그 원소를 이루는 원자들의 세계도 모두가 텅 비어 있는 것이다. 우리 인간도 그 텅 빈 세상의 원소와 그것들의 결합체인 물질로써 이루어졌으되 일정한 구조를 갖고 있다. 그 구조의 기능이 곧 생명인데 그 몸이 죽게 되면 구조의 분해과정을 거쳐서 몇 가지 원소로 다시 그 텅 빈 세상 속으로 되돌아간다.

재미있는 사실은, 작은 핵을 중심으로 텅 비어있는 원자에는 음전하를 띤 무형의 전자電子가 돌고 있기 때문에 우리의 눈에 보이지는 않지만 그 텅 빈 공간은 사실상 핵의 영향력이 미치는 영역이라고 말할 수 있다. 그렇다면, 우주의 광활한 공간도 우주 핵의 영향이 미치는 영역이라고 말할 수 있지 않을까 싶기도 하다. 이렇게 본다면, 텅 비어있다는 공간도 비어있는 게 아니라 사실상 기氣로 꽉 차있는 셈이고, 꽉 차있는 것 같은 우주도 사실상 텅 비어있는 것이다.

137억 년 전, '대폭발'에 의해서 쿼크와 핵자가 생기고, 원자가 생기고, 원소가 생기어 팽창되어가는 우주에 별과 은하들이 생기고, 그 가운데 태양계가 생기고, 그 안의 지구라는 행성이 생기고, 그 안에서 생명체가 생겨 진화해 왔다는데, 그 놈의 빅뱅은 과연 어디서 왔을까? 큰 폭발이 있으려면 그 폭발을 일으키는데 필요한 에너지가 있었을진대 과연 그것은 어디에서 온 것일까? 나는 알 수 없는 그것을 '절대적인 공空'이라고 말하고 싶다.

그러나 그 공은 사람 눈에 공일뿐이지 실제는 공이 아닐 것이다. 지구에 살고 있는 모든 생명체가 개체로서 생로병사를 거치듯이 하늘에 별들조차 태어나고 성장하고 늙고 죽는 일을 반복한다. 그렇듯, 우주가 또한 생사를 거듭하지 않을까 싶다. 만약, 그렇다면, 빅뱅 이전의 우주는 현 우주의 다른 모습 곧 그것의 죽음이 아닐까 싶기도 하다. 시간도 정지하고 공간도 없는 절대적인 공空으로서 말이다. 사실, 이렇게만 상상해도, 현실적인 욕구나 고민 등은 많이 줄어든다.

그리고 「좌선삼매경」에서 말한 '몸의 공계'라는 말도 몸을 이루고 있다는 지地·수水·화火·풍風 등 4원소가 차지하고 있는 공간에 대한 인식을 전제로 사용되지 않았을까 싶기도 하다. 특히, 몸에서 수水·화火·풍風에 해당하는 부분을 제외하면 나머지 지地가 차지하고 있는 부분이 매우 작거나 적다고 인식했을 가능성이 매우 높다. 그렇지 않고서야 어떻게 선을 통한 공중부양이 가능하다고 주장하겠는가.

여하튼, 물질로써 일정한 구조를 갖춘 몸도 우주나 원자가 텅 비어 있는 것처럼 비어 있고, 끝내 분해되어 몇 가지 원소로서 텅 빈 우주 속으로 방사되는 것이고 보면, 우리는 텅 빈 우주에서 나와 텅 빈 우주 속으로 되돌아가는 물질계의 순환과정에 나타난 한 존재일 뿐이라는 생각이 드는 것도 사실이다.

9-8 묵상·기도란

　예수교 경전인 우리말 '성경'에서는 '명상瞑想'이라는 단어는 단 한 차례도 쓰이지 않았다. 그 명상 대신에 '묵상黙想'이라는 단어가 스무 번 남짓 사용되고 있는데, 그것도 모두 구약舊約에서이고, 그 대부분도 시편(시편 1:2, 19:14, 39:3, 49:3, 63:6, 77:6, 77:12, 104:34, 119:15, 119:23, 119:27, 119:48, 119:78, 119:97, 119:99, 119:148, 143:5, 145:5)에서이다.

　경전에서 '묵상'이라는 말은, 대개 '어떤 대상에 대하여 골똘히 생각하다'라는 뜻으로 사용되었는데, 그 대상이 주님(시편 63:6, 77:12)이나 주님이 하시는 모든 일(시편 77:12)과 관련해서이고, 특히 주님의 율법(여호수아 1:8, 시편 1:2, 119:15, 119:23, 119:48)이나 기사奇事(시편 119:27, 145:5)가 묵상의 주 대상이 되었음을 어렵지 않게 확인할 수 있다.

　또한, 이 '묵상'과 '궁구窮究'를 통하여 하나님의 일을 전도하는 사람이 「잠언」을 지었다는 기록(전도서 12:9)도 있는 것으로 보면 선지자들은 이 묵상과 아주 가깝게 생활한 것으로 보인다. 그리고 보면, 성경에서의 묵상은 특정 화두에 대한 사고력의 집중이라는 일반적인 의미와 사실상 다르지 않는데, 이 묵상은 '기도祈禱'라는 말로 쉽게 연계되는 점이 다르다 할 수 있다.

기도는 전지전능한 신께 개인의, 단체의, 민족의, 국가의 바람을 간구懇求하는 행위이기 때문에 예수교뿐만 아니라 모든 종교에서도 중요한 비중을 차지한다. 예수교 경전인 '성경'에서의 기도는, '아브라함'이라는 사람으로부터 시작되어 하나님을 열망하는 모든 선지자와 예수와 그의 제자들이 하나님께 대표성 기도를 했지만, 오늘날은 하나님과 그의 아들 예수를 믿는 사람들이라면 모두가 다 개별적으로 하고 있다 해도 틀리지 않는다. 물론, 구약시대에는 아브라함이 그랬듯이, 모세 · 마노아 · 한나 · 사무엘 · 솔로몬 · 엘리사 등등 많은 선지자들이 기도를 통해서 원하는 바를 이루었다. 그렇듯, 신약시대에서도 예수를 비롯하여 그의 제자들이 기도를 실천하며 강조했는데, 그 기도의 목적과 방법이 조금씩 바뀌어 왔던 것도 사실이다. 곧, 자신의 죄를 먼저 인정 · 반성하고[悔改회개], 자신의 소원을 이루어달라고 간절히 빌고[懇求간구], 하나님께 감사드리는[찬양 · 찬미] 방식으로 정형화되었으며, 성전 · 골방 · 한적한 곳 · 산 · 지붕 등 가리지 않고 했다. 특히, 예수는 기도를 '이렇게 하라'고 아주 구체적으로 가르쳐 주기도 했다(마태복음 6:9, 누가복음 11:2). 오늘날의 '주기도문'이 그 예이며, 그 외에, ①자신만의 골방에 들어가 문을 닫고 은밀한 가운데 하라(마태복음 6:6). ②중언부언重言復言하지 마라(마태복음 6:7). ③핍박하는 원수[저주 · 모욕하는 자]를 위해 기도하라(마태복음 5:44, 누가복음 6:28). ④시험에 들지 않기 위해서 깨어있어 기도하라(마태복음 26:41, 마가복음 14:38, 누가복음 22:40, 22:46). 그리고 ⑤믿음이 떨어지지 않도록(누가복음 22:32) 기도하라고 당부했으며, 예수 자신도 기도하기 위해서 한적한 산山으로 가시었으며(마태복음 14:23, 마가복음 1:35, 6:46, 누가복음 5:16, 누가복음 6:12, 9:28), 무릎을 꿇고(누가복음 22:41), 엎드려 얼굴을 땅에 대고 했으며(마태복음 26:39), 주로 조용한 시간[새벽(마가복음 1:35)·밤]에 혼자서 (마태복음 14:23) 했다. 뿐만 아니라, 기도 중에 믿고 원하는 것을 하나님께서 모두 들어주신다고 강조(마태복음 21:22, 마가복음 11:24)하였으며, 동시에 위선적인 기도를 심히 경계하였다(마태복음 6:5, 마가복음 12:40, 누가복음 20:47).

따라서 예수교의 묵상이란, 선택한 화두에 대하여 깊은 생각을 하는 명상과 사실상 다를 바 없지만 그 화두가 '하나님'으로 고정되어 있다는 점이 다르다면 다르다. 그리고 선지자들도 이 묵상을 통해서 하나님에 관한 문장들을 지었고, 그것들이 모아져서 오늘날 경전이 되었다는 사실이다. 특히, 예수님의 기도는 전지전능하다는 하나님의 존재를 전제하고, 그 하나님에 대한 절대적인 신뢰를 바탕으로 '그 앞에서' 회개하고, 염원하고, 찬양·찬미하는, 솔직한 일대 일의 대화였다 한다면, 명상이란 자신과 하나님과의 대화가 아니라 바로 자기 자신과의 대화라 할 수 있다.

그래서 천주교에서는 보이지 않지만 '마음으로써 예수님을 만나 서로 바라보며 우정 어린 대화를 나누는 것'을 '묵상기도'라 하며, '성체 안에 계신다는 예수 그리스도를 진실한 마음으로써 대화하는 것을, 다시 말해, 감실 안에 계시거나 현시되는 성체 안에 계신다는 예수님과 가까이서 만나 서로 마음을 나누는 것'을 '성체조배聖體朝拜'라 하기도 한다.

중요한 것은, 실존하지 않는 대상을 실존하는 것처럼 믿고 받아들이는 것이거나, 보이지 않는 대상이지만 보이는 것처럼 상상하고 믿음으로써 그것을 자신의 내부로 끌어들인다는 점이다. 사실, 이 같은 원리는 선 수행에서도 그대로 적용된다. 염불삼매에서 만나게 되는 부처님의 32상 대인大人의 모습[6]과 80가지 작은 특징[7]이 유감없이 잘 말해 준다. 결과적으로, 느끼고 생각하는 '마음' 안에서 이루어지는 일들임에는 틀림없다. 온갖 번뇌도 그 마음으로부터 나오고, 그 번뇌를 물리치는 것도 그 마음으로써 가능하다는 뜻이다. 이를 확대 해석하면, 모든 문제를 야기시키는 주체도 자신이고, 그 문제를 해결하는 주체도 역시 자신이라는 엄연한 사실로 귀결된다.

---

6) 32상 대인(大人)의 모습을 한 부처님 :
「좌선삼매경」에서 '염불삼매'를 설명하는 과정에서 과거의 부처님이 오실 때의 모습. 그러니까, 부처님만을 생각하는 사람의 마음속에서 그려지는 부처님 이미지는 '32가지 모양새를 가진 대인의 모습'으로 그려져 있는데 그 내용은 아래와 같다.

1. 발바닥이 평평하다.
2. 발바닥에 천 개의 바퀴살이 있는 바퀴*가 있다.
   *예수교 경전인 성경에는 에덴동산 가운데에 있는 생명나무의 길을 지키게 하기 위해서 하나님이 '그룹'이라는 천사를 내려 보내는데 그 그룹에 바퀴가 달려있다. 하나님은 그런 그룹의 호위를 받기도 하고 타고 다니기도 한다.
3. 손가락이 길고 아름답다.
4. 발뒤꿈치가 넓다.
5. 손가락과 발가락에 모두 명주그물이 있다.

6. 다리를 포개면 높고 평평하며 아름답다.
7. 이니연(伊尼延)*의 무릎과 같다.
   *검은 털이 나고 긴 다리를 가진 통통하고 힘센 사슴 왕.
8. 평소에는 손이 무릎을 지난다.
9. 음마장(陰馬藏)*의 모습이다.
   *부처의 음경은 말의 음경과 같이 크지만 감추어져 있다는 뜻.
10. 니구로다(尼俱盧陁)*의 몸이다.
    *고대 인도 '바나라시'에 '브라흐마닷타' 왕이 통치할 때에 한 보살이 사슴으로 태어났
    는데, 그 사슴은 날 때부터 황금빛이었다. 사슴은 늘 500마리의 다른 사슴들로부터 둘
    러싸여 있었다하는데 그 사슴은 부처님의 전생이라 한다. [南傳 자타카 12]
11. 하나하나의 구멍에 하나하나의 털이 나 있다.
12. 털이 위쪽을 향해 나서 오른쪽으로 선회한다.
13. 몸의 빛깔이 상품의 금보다 더 뛰어나다.
14. 신광(身光)이 네 면의 한 길[丈]을 비춘다.
15. 피부가 아름답다.
16. 일곱 곳이 가득 차 있다.
17. 양쪽 겨드랑이 아래가 평평하고 아름답다.
18. 윗몸이 사자*와 같다.
    *'사자'라는 동물에 대해서는 고대로부터 '용맹하다', ' 힘이 세다' 등의 의미로 많이 사
    용돼 왔다. 그래서 현실세계[정치 · 스포츠 등]에서는 권력과 힘을 상징하기 하고, 불교
    나 예수교에서도 유사한 뜻으로 사자를 원용하는 수사(修辭)가 경전에 적지 않다.
19. 몸이 크고 아름다우며 단정하고 반듯하다.
20. 어깨가 둥글고 아름답다.
21. 40개의 치아가 있다.
22. 치아가 희고 고르며 빽빽하고 뿌리가 깊다.
23. 네 개의 어금니가 희고 크다.
24. 뺨이 사자와 같다.
25. 맛 중에서 최상의 맛을 얻는다.
26. 혀가 크고 넓고 길면서 얇다.
27. 범음(梵音)이 깊고 멀리까지 들린다.
28. 가릉빈가*의 음성이다.
    *극락에 있다는 새[鳥]의 한 가지
29. 눈이 감청색이다.
30. 속눈썹이 우왕(牛王)*과 같다.
    *소를 가지고 논밭갈이를 하는 농가(農家)에서 예배드리는 소의 왕을 뜻하는 신(神) 곧
    우신(牛神)을 말함. 춘추시대까지 성행했다 함.
31. 정수리의 터럭이 육골(肉骨)을 이룬다.
32. 미간에 흰 터럭이 길고 아름다우며 오른쪽으로 감겨 있다.

7) 부처님의 80가지 작은 특징들:
1. 정수리를 볼 수 없다.
2. 코가 곧고 높으며 아름답고 구멍이 드러나지 않는다.
3. 눈썹이 초승달과 같고 감색 유리 빛이다.
4. 귀가 아름답다.

5. 몸이 나라연*과 같다.

*나라연 : 힌두교 비슈누 신의 다른 이름으로, 산스크리트어 '나라야나(नारायण:nārāyana)'의 음역(音譯)이다. 불교에 수용되면서 천상의 역사(力士)이자 불법의 수호신이 되었다. '나라연금강(那羅延金剛)'이라는 별칭이 있으며, 그 힘의 세기가 코끼리의 백만 배나 된다 함.

6. 뼈 사이는 쇠사슬과 같다.

7. 몸이 한꺼번에 도는 것이 코끼리 왕과 같다.

8. 움직일 때는 발이 땅에 네 마디마다 발자국을 찍어서 나타낸다.

9. 손톱은 붉은 구리 빛깔과 같고 얇으면서도 윤이 난다.

10. 무릎이 둥글고 아름답다.

11. 몸이 청결하다.

12. 몸이 유연하다.

13. 몸이 굽지 않았다.

14. 손가락이 길고 둥글며 가늘다.

15. 지문(指紋)이 그림과 같으며, 여러 가지 색으로 장엄하였다.

16. 혈맥이 깊어 보이지 않는다.

17. 복사뼈가 깊어서 보이지 않는다.

18. 몸이 윤기 나고 광택이 있다.

19. 몸을 스스로 지키고 남에게 맡기지 않는다.

20. 몸이 달을 다 채워서 태어난다.[3월에 수태하여 2월에 태어났다.]

21. 용모와 위의가 충족되어 있다.

22. 머무는 곳이 편안하다.[우왕이 서서 움직이지 않는 것과 같다.]

23. 위엄을 일체에게 떨친다.

24. 일체를 즐겁게 본다.

25. 얼굴이 길지 않다.

26. 반듯한 용모에 요란스럽지 않은 빛깔이다.

27. 입술이 빈바(頻婆)* 열매의 빛깔과 같다.

*빈바(頻婆) : 범어 'bimba'(사람의 그림자:身影라는 뜻)에 대한 음차로 빈바(頻婆)란 학명은 Stereulianobilis 이며, 印度에 있는 頻婆樹의 열매.

28. 얼굴이 원만하다.

29. 울리는 소리가 깊다.

30. 배꼽이 둥글고 깊어 나오지 않았다.

31. 터럭이 곳곳에서 오른쪽으로 감겨 있다.

32. 손과 발이 원만하다.

33. 손과 발을 마음대로 할 수 있다.[옛날에 '안팎을 잡는다'고 말한 것이 이것이다.]

34. 손과 발의 문양이 분명하고 곧다.

35. 손의 문양이 길다.

36. 손의 문양이 끊어지지 않았다.

37. 일체의 악한 마음을 머금고 있는 중생들이 보게 되면 모두 온화하고 기쁜 낯빛을 얻는다.

38. 얼굴이 넓고 아름답다.

39. 얼굴이 달과 같다.

40. 중생들이 보면 두려워하지 않는다.

41. 털구멍에서 향기로운 바람이 나온다.

42. 입에서 향기가 나오고 중생들이 만나면 7일간 법을 즐긴다.

43. 풍채가 사자와 같다.
44. 나가고 머무는 것이 코끼리 왕과 같다.
45. 법을 행하는 것이 독수리 왕과 같다.
46. 머리는 마타라(磨陁羅) 열매와 같다.[이 열매는 둥글지도 길지도 않다.]
47. 소리의 나눔이 만족스럽다.
   [소리는 60가지 구분이 있는데 부처님은 이들을 모두 구족한다.]
48. 어금니가 예리하다.
49. [중국어에 해당하는 이름이 없어서 쓰지 못했다.]
50. 혀가 크고도 붉다.
51. 혀가 얇다.
52. 털이 순수한 홍색(紅色)이며 색깔이 청결하다.
53. 넓고 긴 눈이다.
54. 구멍의 문이 차 있다.[아홉 구멍의 문이 서로 구족하여 차 있다.]
55. 손과 발이 붉고 흰 것이 연꽃 색깔과 같다.
56. 배가 들어가지도 않고 나오지도 않았다.
57. 볼록한 모양의 배가 아니다.
58. 몸을 움직이지 않는다.
59. 몸이 무겁다.
60. 몸이 크다.
61. 몸이 길다.
62. 손과 발이 원만하고 청결하다.
63. 사방에 커다란 빛이 두루하고 광명이 스스로 비춘다.
64. 중생을 평등하게 본다.
65. 교화에 집착하지 않고 제자를 탐내지 않는다.
66. 뭇 소리가 가득함을 따라서 줄어들지도 않고 지나치지도 않는다.
67. 뭇 음성에 따라서 법을 설한다.
68. 말씀을 하시되 걸림이 없다.
69. 차례로 서로 이어서 설법한다.
70. 일체 중생들 눈으로는 그 모습을 자세하게 보아서 다 알 수가 없다.
71. 보아도 싫증나거나 만족함이 없다.
72. 머리카락이 길고 아름답다.
73. 머리카락이 아름답다.
74. 머리카락이 헝클어지지 않는다.
75. 머리카락이 부서지지 않는다.
76. 머리카락이 유연하다.
77. 머리카락이 푸르고 비유리(毘琉璃) 색깔이다.
78. 머리카락을 위에서 묶었다.
79. 머리카락이 드물지 않다.
80. 가슴에 덕(德)이란 글자가 있고, 손과 발엔 길(吉)이란 글자가 있다.

'부처님 32상 대인의 모습'과 '80가지 작은 특징들'을 그대로 수용하여 초상화로 그려낸다
면, 부처님 모습은 과연 어떻게 될까? 상상하기도 쉽지 않다. 다 후대(後代)의 사람들이 부
처님을 '특별한 존재'로 부각시키려고 노력하다보니 그런 결과를 초래한 것이리라. 솔직히

말해. 억지 상상하면 이 세상에 존재하지 않는 '괴물'에 가까울 것이다.

그러나 기원전 200~기원후 650년 사이에 조성된 아잔타 석굴 가운데 제1번 석굴에 묘사된 부처님의 모습은, 금색 가사를 걸치고 연화대 위에서 가부좌하여 명상중이였는데, 그 머리는 까맣고 곱슬곱슬해 보이며, 상투를 튼 듯 정수리 쪽으로 봉긋하게 솟아있다. 그리고 두 눈은 작지만 길게 찢어져 있고, 그 눈썹도 가늘지만 활시위처럼 길게 뻗어있다. 코는 그리 높거나 반듯해 보이지 않으나 큰 편이며, 입술은 제법 두툼해 보인다. 두 귓불은 길고 크며, 표정은 그리 밝지 않지만 차분하게 수기(水氣)가 들어차 있는 모습이다. 그리고 가부좌한 양 다리의 발바닥이 완벽하게 위로 드러나 보이는 것이 대퇴부의 무릎 아랫다리가 가늘었던 모양이다. 전체적으로 보면, 호리호리한 몸매에 키는 작지 않고, 피부는 거무숙숙하며, 얼굴은 갸름하지도 두툼하지도 않다. 흡사, 얼굴이 긴 흑인을 떠올리게 하는 얼굴이다.

아잔타 1번 석굴에 묘사된 흑인 얼굴을 한 부처님 모습

명상과 관련된 요가와 기 수련

명상 : 몸을 쉬게 하고 마음을 써서 심신의 평안을 도모함
요가 : 몸과 마음을 자연에 일치시켜 심신의 건강을 도모함
기 수련 : 정신집중을 통한 기운의 집중 분산을 통해서 몸의 기능을 증대시킴

　인간은 물질로써 이루어진 '몸'이라고 하는 복잡한 구조의 하드웨어로 되어 있고, 그 하드웨어 구조 속에서 갖가지 기능 곧 소프트웨어가 나온다. 그 소프트웨어 기능이 곧 '생명'이라는 현상이다. 그 생명현상은 물질대사를 전제로 그 대부분이 뇌에서 총괄되지만 느끼고 인지하고 명령하는 기능을 두고 우리는 일반적으로 '마음'이라 하고, 철학적으로는 '정신'이라 하며, 종교적으로는 죽지 않는 '영혼'이라 말하기도 한다. 그래서 몸을 마음 곧 정신이나 영혼이 깃드는 집으로 여기고, 마음을 그 몸이라고 하는 집에 거주하며 그 기능들을 부려서 활용하는 주인으로 여기지만 사실은 분리될 수 없는 하나의 생명체가 가

지는 유기성일 뿐이다. 마음이 어느 정도 몸에 영향을 미치고, 몸이 또한 마음에 영향을 미치는 관계이지만, 마음이 없는 몸은 죽은 것이나 다를 바 없고, 몸 없이 존재하는 마음은 있을 수 없다.

중요한 사실은, 마음이 어느 정도 몸에 영향을 미치기 때문에 몸을 잠재우고[쉬게 하고] 마음을 쓰는 명상을 하는 것이고, 몸이 마음에 영향을 미치기 때문에 가능한 한 아름답게 가꾸고 건강하게 운동을 하는 것이다.

그런데 명상에서 그 자세와 호흡을 떼어내어 자연에 접목·발전시킨 것이 '요가'라 한다면, 명상의 정신집중과 호흡을 활용하되 잠재웠던 몸을 일깨워 몸의 기능을 확대·발전시키려는 것이 '기 수련'이라 할 수 있다. 한 마디로 말해서, 명상의 마음에서 몸으로 그 무게중심을 옮긴 것이 요가와 기 수련인 셈이다.

따라서 마음의 평안이 명상의 최종 목적이라면, 몸과 마음을 자연에 일치시켜 건강을 도모함이 요가의 최종 목적이고, 정신통일을 통한 기운의 집중·분산을 활용하여 몸의 기능을 최대로 키우는 것이 곧 기 수련의 최종 목적이라고 말할 수 있다. 결과적으로, 몸의 건강과 마음의 평안으로써 오래 살고자 함이 이들 3자의 전제된 목적인 것이다.

10-1 장수가 과연 진정한 선善이자 승리勝利이고 희망希望인가

인간 존재의 의미와 가치를 결정해 주는 두 개의 기둥 :
①어떻게 살았는가? ②어떻게 죽었는가?

권력자가 사람의 목숨을 좌지우지했던 고대사회에서는, 수단 방법 가리지 않고 오래 살아남는 것이 곧 지혜智慧이고 선善이고 능력能力으로까지 말해졌다. 장자莊子에 나오는 '곧은 나무가 먼저 베이고 단샘이 먼저 마른다'는 '直木先伐직목선벌 甘井先竭감정선갈'이라는 명구나 '굽은 나무가 선산을 지킨다'는 우리의 속담이 시사해 주는 바 크다. 물론, 오늘날도 하루라도 더 오래 사는 것이 최고의 능력이고 최고의 복福인 양 말해지는 것이 사실이다. 그러다보니 거의 모든 사람이 오로지 오래 살기 위해서 모든 노력을 쏟아 붓는다 해도 틀리지 않을 정도이다.

게다가, 오늘날은 생활환경이 많이 바뀌어 사람이 병원에서 태어나고 병원에서 죽는 경우가 많기 때문에 태어날 때에도 죽을 때에도 돈이 적잖이 든다. 특히, 죽을 때에는 마음대로 죽지도 못하는 경우가 적지 않다. 발달된 의료기술과 죽음이나 삶의 본질에 대한 잘못된 인식으로 가능한 범위 내에서 연명延命하게 하는 것이 '인간도리'라고 생각하기 때문이다. 그래서 평생 쓰는 의료비의 대다수를 죽기 전 몇 개월 만에 다 써버리기도 한다.

과연, 오래 사는 것만이 최고의 능력이며, 복이며, 잘 살았다고 말할 수 있는 것일까? 나는 '아니라'고 생각한다. 나의 미천한 생각과 나를 낳아준 어머니의 장례를 치룬 경험을 놓고 보면, '얼마나 오래 살았느냐?'보다는 '어떻게 살았느냐?'와 '어떻게 죽었느냐?'가 더 크게 다가왔고, 그것이 죽은 사람의 존재 의미와 삶의 가치를 말해주는 중요한 요소라고 여기게 되었다.

물론, 예기지 않은 자연재해나 각종 사고나 질병 등으로 타고난 자연수명을 누리지 못한 채 일찍 죽는 것은 분명 큰 슬픔이고 불행한 일임에 틀림없다. 그러나 타고난 자연수명을 다 살고 죽는다거나, 주변 사람들보다도 더 오래 살았다면 죽음에 대한 슬픔이 많이 상쇄되는 것도 사실이다. '생명이 있는 것은 죽지 않는 게 없다'는 사실을 잘 알고 있기 때문이기도 하고, 상대적인 만족감이 크게 작용하는 인간 심리적 측면인 현실도 무시할 수 없기 때문일 것이다.

장수하고 싶다면 단순하게 살면서 규칙적인 생활을 하라.
삶의 단순성은 욕구의 절제에서 나오고,
삶의 규칙성은 자연의 질서에 순응하는 데에서 나온다.

생각해보면 죽음, 그것이 있기 때문에 인간은 거룩해질 수 있고, 그것이 있기 때문에 삶의 의미가 깊어지고, 그것이 있기 때문에 모든 존재가 종국에는 똑 같아질 수 있다. 나이와 성과 빈부와 지위 고하를 막론하고 죽음으로써만이 비로소 평등해진다. 정말이지, 죽지 않고서는 만물의 고향 같은 '절대평등세계'로 들어갈 수 없다. 오직, 죽음을 통해서 만이 그곳으로의 회귀回歸가 이루어진다. 그러나 그 누구도 그 길을 외면하거나 역행할 수도 없다. 나는 이러한 죽음의 의미를 믿기 때문에 사는 동안 억울하고 분해도, 아니 못 나고 못 가졌어도 다 너그럽게 웃어넘길 수 있다. 따라서 '천국'과 '극락'이 있어서 위로 받고 희망이 생기는 게 아니라 '모두가 죽게 되고, 죽으면 다 똑 같아진다'는 진리가 있기에 위로 받고 삶의 의욕이 생기게 되는 것이다.

나는 이런 희망이 있기에 한번밖에 주어지지 않는 생명, 그 생명체의 한번뿐인 삶을 마음껏 사랑하는 것이고, 사랑하는 만큼 열심히 사는 것이다. 욕구를 충족시켜 가면서 살되 가능하

139

면 진실하고 착하고 아름답게 살아야 한다. 그런 노력이 가깝거나 먼 이웃사람들에게 정신적·물질적 피해를 주지 않음을 전제로, 자신을 위하고 가족을 위하고 이웃을 위할 때에 그 의미가 더욱 커진다. 이런 큰 틀에서 나름대로의 가치관을 갖고 하루하루를 충실하게 살아가야 한다고 생각하며 믿는 것이다.

이렇게 삶의 의미를 아는 사람들을 위해서 내가 생각하는 장수비결을 소개하고자 한다.

첫째, 마음과 육신을 혹사시키지 않음으로써 심신상의 큰 굴곡屈曲이 없어야 한다.

둘째, 살아가는 동안에 물질적인 큰 궁핍과 생명의 결정적인 위해요소가 없어야 한다.

셋째, 적당한 노동과 적당한 휴식으로 단순하고도 규칙적인 삶을 사는 것이 중요하다.

넷째, 지나친 욕심과 집착으로 과도하게 스트레스를 받지 않아야 한다.

다섯째 가능한 한 몸과 마음을 즐겁게 하는 게 좋다.

이 다섯 가지가 명상을 통해서 깨달은 나의 장수비결이다. 이것을 더 간단히 줄이면 '단순성'과 '규칙성' 두 가지로 압축하여 말할 수 있을 것이다.

나무는 한 자리에 서서 몇 백 년을 족히 살 수도 있지만 우리 인간은 지구촌 방방곡곡을 다 쏘다니면서 자신의 온갖 욕구를 충족시켜가며 살아도 100년을 넘기기가 쉽지 않다. 나무처럼 한 곳에 머물면 대처해야 할 변수가 그만큼 적다는 뜻이고, 변수가 적다는 것은 그만큼 단순하게 사는 것이 된다. 따라서 삶의 단순성은 욕구의 절제에서 나오는 것이고, 삶의 규칙성은 자연의 질서에 순응하는 데에서 나온다는 사실을 유념해 둘 필요가 있다.

사는 동안 자신에게 가장 치명적인 독(毒)이 되는 것은 의심(疑心)과 분노(憤怒)다.

—이시환의 아포리즘aphorism 139

11.

마음의 여러 작용

11-1 '마음'이란 거울[心鏡]
11-2 '마음'이란 눈[心眼]
11-3 의욕과 집착
11-4 '마음먹기에 달려있다'는 말에 대하여
11-5 '마음비우기'란 용어에 대하여

마음이란 무엇일까? 사람들은 저마다 마음을 가지고 살지만 그 마음이 무엇인지 정확히 알지 못한다. 아니, 알지 못 한다 보기보다 막연히 느껴지고 판단되는 바 있지만 그것의 본질을 드러내어 말하지 못하는 경향이 있다. 형태가 없기 때문에 더 더욱 그러할 것이다. 특히, 인간의 몸이 4가지 원소[四大]로 이루어지고, 5가지 요소로 싸여 있다[五蘊]고 판단한 불교의 「좌선삼매경」에서는, 마음을 두고 '인연을 좇아 생기기 때문에 없어져 머물지 않는 무상'이라 했고, 「실적경實積經」에서는 '아무리 관찰해도 그 정체를 알 수 없고 찾을 수도 없다'고 했다. 그런가하면, 달마達磨대사의 「관심론觀心論」에서는 '모든 것의 근본이므로 모든 현상은 오직 마음에서 일어난 것'이라 했다.

　나는 몸의 감각기관과 뇌에서 유기적으로 이루어지는 기능인 감정·생각·의지 등이 생기거나 머물러 있는 가상공간과, 그것들이 나오는 통로와, 그 통로를 빠져나와 겉으로 드러나는 과정 일체를 마음이라 말하고 싶다. 여기서 생각이란 모든 지각작용으로서 지知에 해당하며, 감정이란 자극에 대한 반응으로서 정情에 해당하고, 의지란 무엇을 하고자 하는 의욕으로서 의意에 해당한다고 말할 수 있다. 따라서 마음을 한 마디로 줄여 말하라 하면, 지知·정情·의意의 합合이며, 그의 다른 이름일 뿐이라고 생각한다.

　그런데 그 마음은 사람마다 공통점을 가지고 있기도 하지만 다르기도 하며, 상황에 따라 변하기도 한다. 그리고 그것이 겉으로 드러나지 않고서 속으로 잠복해 있기도 하고, 겉으로 드러나기도 한다. 그러한 마음이 머무는 가상공간을 '마음자리'라 하며, 그러한 마음의 경향성이나 특징을 두고 '마음결' 또는 '마음씨'라 한다.

　바로 그런 마음에 전적으로 의지하여 자신의 관심을 돌리기도 하고, 생각을 버리거나 집중함으로써 근심걱정을 잊기도 하여 마음의 평안을 얻고 몸의 고통을 상쇄시키고 잠재력을 키우거나 이끌어내는 일이 바로 선禪이고 명상瞑想인 것이다.

11-1 '마음'이란 거울 心鏡

빛을 잘 통과시키는 물체의 뒷면에 은이나 알루미늄이나 철이나 수은 등의 아말감을 칠해 놓음으로써 빛이 반사되도록 하여 像을 맺게 하는 물건을 '거울'이라 한다. 우리는 그 거울을 통해서 자신의 형상 곧 겉모습을 비추어 보게 된다.

그런데 그 거울이 놓이는 자리에 자신의 겉모습과 속모습을 두루 비추어 볼 수 있는, 형태가 없어 만질 수도 없고 보이지도 않는 '신비한' 거울을 갖다 놓을 수 있다. 정말일까? 그렇다! 그 무형의 거울은 과연 무엇일까? 그것은 자신의 오감五感의 문을 활짝 열어놓아 자신의 코털로부터 마음의 실오라기 하나가 떠다니는 것까지도 지켜 볼 수 있는 것으로, 일체 몸을 움직이지 않고 호흡조차 쉬는 둥 마는 둥 아주 정밀靜謐한 상황으로 자신의 몸을 옮겨 놓되 자신의 감각기관과 뇌에서 이루어지는 지각기능만은 아주 예민하게 활성화시켜 놓은 상태로 머물면, 보이지 않거나 형태가 없는 대상일지라도 자연스럽게 이마의 정 중앙에 떠올려 놓고 볼 수 있다. 이때 떠올려지는 상이 맺혀지는 곳이 '마음이란 거울'이 되는데 통상 두 눈을 감으면 이마의 정중앙쯤으로 인지된다.

그 마음의 거울은 너무나 민감하여 아주 미미한 내외적 변수만 생겨도 자칫 흐트러지거나 사라져버리는 속성을 가진다. 아주 맑은 수면水面의 어느 한 순간과도 같아서 바람이 조금만 불어도 그만 수면이 일그러지게 되듯이 그곳에 맺히는 상도 일그러지거나 사라져버리게 된다. 따라서 그 거울을 보려면 자신의 몸과 마음이 먼저 차분하게 가라앉아야 하고, 맑은 물처럼 고요하게 머물러 있어야 한다. 그래야만이 그 마음이란 거울이 생겨나고, 그곳에 맺히는, 떠올려지는 상을 볼 수 있는 것이다. 나는 이것을 편의상 '마음의 거울' 곧 심경心鏡이라 부르지만 그곳에 맺히는 상을 읽는 '마음의 눈'과 사실상 같은 것이다.

11-2 '마음'이란 눈

빛의 강약과 파장을 받아들인 눈이 뇌와 함께 형태와 색깔로써 사물을 지각하게 되는데 명상을 하려면, 다시 말해, 무념무상에 이르거나 화두에 집중하려면, 오히려 그 눈을 감아야 한다. 설령, 눈을 뜨고 있다 하더라도 그것을 거의 사용하지는 않는다. 그 대신에 사유하려는 내용과 관련된 이미지나 어떤 관념을 떠올리게 되는데 이때 떠올려지는 상이 마음이란 거울 곧 이마 한 가운데에 초점이 맞추어져 형성된다. 그런데 지속해서 그 상을 들여다보노라면 이마가 시려오는 것처럼 느껴지기 때문에 오래 상을 맺게 하거나 그것을 오래오래 바라보기가 쉽지 않다.

나는 이마의 정중앙을, 다시 말해, 두 눈에서 앞으로 쭉 나간 눈빛이 이내 만났다가 하나의 점으로서 다시 내게 되돌아와 박히는 곳이 두 눈썹 사이인 미간眉間이 아니라 이마의 중심부로 지각했다. 나는 바로 그 부분에 맺히는 상을 바라보고 읽는 무형의 눈이 곧 마음의 눈, '심안心眼'이라 하는데, 이를 잘 활용하면 지각된 내용을 잊혀 지지 않게 각인시키거나 반대로 이미 기억된 내용을 떠올리는 데에 아주 효과적이라고 생각한다.

바로 이 마음의 눈을 통해서 다름 아닌 자신의 마음자리를 읽고, 자신의 마음씨를 읽으며, 자신의 정체성을 확인하고, 그것으로써 타인의 마음까지도 읽어 나가는 능력을 키우는 것이다. 엄밀히 말하자면, 실재하는 눈은 감았으나 신체의 모든 감각기관과 뇌가 아주 긴밀하게 작용하는 관계 위로 자신을 옮겨 놓고 하나하나 떠올리며 읽어나가는 것이 마음의 눈으로써 마음의 거울을 들여다보는 일이다. 동시에 주의력이 고도로 집중되어 있어 아주 민감해진 상태에 머물러 있음으로써 사고력 또한 집중되는 것이다. 따라서 자신과 관련된 유무형의 대상을 마음의 거울에 비추어 보아 그것을 마음의 눈으로써 들여다볼 수 있는 시간이란 그렇게 길게 지속되지는 않는다. 그래서 그런 경험과 기회를 자주 갖는 것이 바람직하다고 본다.

11-3 의욕과 집착

무언가를 이루고자, 혹은 얻고자 함이 곧 의욕(意慾)이다. 의욕 없이 이루어지는 일이란 거의 없다. 생명현상 자체가 조건 충족을 요구하는 욕구이고, 욕구 자체는 노력으로써 충족·실현된다. 그 노력을 통해서 인간은 어떤 뜻과 목적을 달성하고 성취하게 되는데 명상도 예외는 아니다.

명상이란, 몸은 쉬게 하되 마음을 움직이게 하는 일로서, 복잡한 머릿속을 단순하게 비우고, 자신의 겉과 속을 들여다보는 과정으로서 자신의 감정이나 생각이나 행동 등을 통제·제어하는 기술을 습득해가는 일종의 자기 수행이다. 그래서 더욱 의욕이 전제되는 것이다.

그러나 그 의욕도 지나치면 '집착'이 되는데, 그 의욕과 집착의 분기점은 노력의 대가로 얻고 잃는 것의 정도 차이가 될 것이다. 예컨대, 명상을 한다고 투자한 노력이나 시간에 비해서 얻는 것이 없거나 미미하다면, 그리고 명상하는 과정에서 예기치 못한 다른 피해를 보면서 명상을 계속한다면 그 과정은 의욕이 지나친 집착인 것이다. 어떠한 일을 하든지 간에 집착은 경계 대상이다. 집착은 뜻밖에 좋지 못한 결과를 안겨 주기 때문이다.

　나는, 한때 예수교 경전인 '성경' 이해에 집착하여 탐독 · 분석하는 일에 매달려 있었는데, 그 기간이 무려 6년 동안으로 낮과 밤이 따로 없었다. 심지어는, 낮에 했던 작업을 밤에 잠을 자면서도 계속했다. 그러다보니 놀랍게도 잠을 자면서도 낮에 쓰던 원고 내용에 대하여 사유하고, 다시 분석하고, 심지어는 성경책을 열어 넘기고, 새로운 원고를 써나가기도 했다. 그리고 다음날 아침에 그 내용을 다시 떠올리며 컴퓨터 앞에 앉아서 원고를 타이핑하기도 했다. 이 정도가 되면, 밤에 자는 잠은 온전한 잠이 아니라 불완전한 잠이다. 엄밀히 말해, 가수면假睡眠 상태이었고, 그것이 지속되면서 불규칙적인 생활을 피할 수 없었으며, 생체리듬까지도 다 깨어져 신체적인 건강을 위협하기도 했었다. 그래서 몸은 늘 지치고 피곤했었다. 불가피하게 낮잠을 하루에 한 시간 정도씩 잤는데 그 시간만큼은 누가 내 사지四肢를 들고 나가도 모를 정도로 곯아떨어지곤 했다. 돌이켜 보면, 이 낮잠이 나의 건강을 지켜준 보루였던 셈이다.

문제는, 내가 입만 열면 그놈의 성경 이야기였으며, 심지어는, 길거리 간판이나 포스터에 있는 '애수'라는 글자를 '예수'로 읽었으며, '사람'이란 글자를 '사랑'으로 읽는 어처구니없는 일들이 비일비재하게 생겼었다. 게다가, 내 머릿속에 정리된 지식과 가치관으로써 세상 사람들을 재단裁斷하고, 오늘날의 교회와 목사들을 재단하려는 경향까지 띠게 되었으며, 자신도 모르게 자신이 변해갔던 것이다. 특히, 이런 집착은 주변 사람들뿐 아니라 가장 가까이 있는 가족들에게까지 불편하게 했다. 나는 집착 · 탐구로 새로운 사실을 알게 된 데에 즐거워하며 말하기를 즐기었지만 그 말을 듣는 사람들은 관심조차 없었기 때문이다. 솔직히 말해, 집착하면서부터 나는 탈모가 현저하게 진행되었고, 피부 트러블도 적잖이 생기었다.

물론, 다른 한편으로는 하루하루가 어떻게 지나가는지조차 모를 정도로 너무 빠르게 시간이 가고 6년이란 세월도 훌쩍 지나갔으며, 그 과정은 분명 '즐거운 고통'이었다.

그런 세월이 있었기에, 다시 말하면, 성경 이해에 대한 집착이 있었기에 『경전분석을 통해서 본 예수교의 실상과 허상』(신세림출판사, 2012, 896쪽, 신국판 양장)이란 두툼한 책을 남길 수는 있었다. (물론, 책도 책 나름이지만 말이다.)

어쨌든, 집착은 관심과 마음을 한 곳으로 집중시킬 수 있는 효과적인 방법으로서 약藥이 되기도 하지만 심신의 건강을 위협하여 병病이 되게도 하는, 두 얼굴의 무서운 존재임에는 틀림없다.

11-4 '마음먹기에 달려있다'는 말에 대하여

몸과 마음을 분리시킬 수는 없지만 일시적으로 몸을 외면하고 무시하고 버리듯 함으로써 상대적으로 마음의 기능이나 활동을 극대화시키는 일이 바로 명상의 핵심 기술이다. 따라서 마음을 어떻게 쓰느냐에 따라서 실로 많은 것이 달라질 수 있다. 바로 이점이 전제되어 우리는 크고 작은 일을 당했을 때에 '마음먹기에 달려 있다'라는 말을 하곤 한다. 또한, 불교의 「화엄경華嚴經」에 나오는, '모든 것은 오로지 마음이 짓는다'라는 뜻의 '일체유심조一切唯心造'라는 말이 널리 쓰이기도 한다. '마음' 그것이 얼마나 중요한지를 가늠해 볼 수 있도록 두 가지 예를 들어 보이겠다.

한 사내가 부처님처럼 몸과 마음을 청정하게 하고자 가부좌를 틀고서 골똘히 생각한다. '이 몸은 썩어 없어질 물질로 되어있고, 이 몸이 원하는 것들은 한사코 더러운 욕구들뿐이며, 그 욕구들은 결국 근심걱정만 안겨준다. 따라서 그 욕구들을 최소한으로 줄여 갖고, 몸을 있는 듯 없는 듯 무시하고 살리라. 그리고 나보다 더 많은 근심걱정으로 허덕이는 이웃사람들을 위해서 이 한 몸과 마음을 바치리라.' 다짐하곤 한다.

그런 그의 믿음이 금강석처럼 단단해지고, 그의 명상이 계속되어 가는 어느 날, 갑자기 나타난 누군가로부터 이유 없는 비방과 폭언을 듣는다. 그 순간, 당연히 화가 나야 하는데 그는 무관심한 듯 무표정으로 앉아있었다. 그러자 낯선 사람이 오히려 자존심이 상했는지 그를 발로 걷어차 버렸다. 물론, 그에게는 상상도 못했던 일이다. 이때 얻어맞았던 부위와 강도에 따라 신체상의 변화가 생기고 당연히 통증을 느껴야 하겠지만 그 순간만은 상대적으로 현저하게 덜 느낄 수도 있다. 그의 마음이 이미 다른 데에 가 있어서 몸만 맞았기 때문이다.

그런가 하면, 칼을 든 사람과 일대일 죽기 살기로 격투가 벌어졌는데 칼이 없는 사람이 칼에 허벅지가 찔리고 말았다. 그런데 칼 맞은 사람은 너무나 긴장한 탓인지 자신의 허벅지가 칼에 찔렸는지조차 모른 채 싸운다. 이때 어디선가 사람들 소리가 들리기 시작하자 칼 든 사람이 달아나기 시작했고, 급기야 그를 오십여 미터 이상 뒤좇아 갔다. 달아나는 사람을 잡을 수 없다고 판단하면서 자신의 다리가 이상하다고 느끼게 되고, 멈추어 서서 허벅지를 살피게 되면서 피가 이미 많이 흘러내려 찐득찐득해져 있음을 확인하게 된다. 그 순간부터 절뚝이게 되고 통증이 느껴지기 시작한다. 참 묘한 일이다.

이처럼 사람의 감각기관에 접수된 자극이 신경을 통해서 뇌에 전달되고, 뇌가 통증을 지각하게 되는데 이 과정에서 문제가 생겨 지각하지 못하는 수가 있다. 병원에서 수술할 때에 마취제를 놓거나 통증을 해소하기 위해서 진통제를 먹는 것과 같이 그 마취제나 진통제에 해당하는 정신적인 요소가 있는 것이다. 그것은 다름 아닌, 앞의 두 예에서 보는 것처럼 '극도의 긴장'이나 '다른 생각에의 집중' 등이다. 명상은 바로 '다른 생각에의 집중'이란 힘을 극대화 시키는 것이기도 하다.

사실, '마음먹기에 달려있다'는 것도 이와 무관하지 않다고 본다. 몸이 아프더라도 아프지 않다고 여기면 아프지 않은 것처럼 착각하게 되고, 아프지 않던 몸도 아프다고 여기면 아픔을 느끼게 되는 이치와 같다. 엄밀히 말하자면, 뇌의 판단을 사실과 다르게 내리도록 유도 · 강요하는 것이나 다를 바 없다. 따라서 '마음먹기에 달려 있다'라는 말은, 마음을 움직이는 명상 수행의 한 원리가 되는 셈이고, 그것은 일상 속에서 생기는 문제들을 해결해 주는 힘이자 지혜이기도 하다.

11-5 '마음비우기'란 용어에 대하여

나이를 먹어가면서 세상을 살다보면, '마음을 비우라'는 말을 곧잘 듣거나 자신도 모르게 하게 된다. 도대체, 마음을 비운다는 것은 무슨 뜻일까? 그것은, 무언가를 이루고자, 혹은 얻고자 하는 욕구와, 그 욕구를 충족시키기 위한 활동을 포기

하거나 버리는 일일 것이다. 그 욕구를 실현 충족시키는 과정이 너무나 힘이 들어 다른 피해나 손실이 생길 우려가 있을 때에 우리는 흔히 '마음 비우라'는 충고를 주거나 받는다. 그렇듯, 중병 환자들에게는 '이제 다 내려놓으라.'고 조언하는 경향이 있다. 이때 무엇을 다 내려놓으라는 것인가? 그것은 정신적으로나 신체적으로 스트레스를 촉발시키는 욕구이자 그것을 충족시키고자 하는 활동으로서 집착이 될 것이다.

그런데 살아있는 한 마음을 온전히 비우거나 욕심을 다 내려놓기란 그리 쉽지가 않다. 왜냐하면, 살아서 숨을 쉬고 있는 한 생명현상을 유지하고자 하는 본능적 욕구를 가지게 되며, 그 욕구를 충족 · 실현시키고자 하는 노력이 곧 삶이기 때문이다. 그래서 마음을 비운다 해놓고도 이것저것 더 생각하게 되고, 욕심을 다 내려놓았다 하면서도 무언가를 이루려고 허덕이게 되는 것이다.

그렇다면, 마음비우기란 원천적으로 불가능한 일인가? 엄밀히 말하면, 그렇다. 죽기 전에는 온전한 마음비우기란 있을 수 없다. 다만, 그 욕구를 최소화하여 가질 수는 있다. 그러니까, 생명현상을 최소한으로 유지하는 정도로만 욕구를 갖고 나머지는 버릴 수 있다는 뜻이다. 사실, 이조차 쉬운 일은 결코 아니지만.

그러나 분명한 사실은, 욕심과 욕구를 줄여서 활동을 적게 한다면 몸과 마음고생을 그만큼 줄일 수는 있다. 그리하여 야기될 수 있는, 부작용이나 그로 인한 손실을 막을 수도 있다.

이러한 현실적인 뜻에서 '마음을 비우라'거나 '다 내려놓으라'고 말들을 할 것이다. 그래서 욕심이 지나치면 화를 부른다는 경험적 사실을 유념하고 경계하라는 경구警句들은 동서고금을 막론하고 수없이 많다.

부처님은 팔십 평생을 의식주 따위에 신경을 쓰지 않은 채 중생들이 베푸는 보시로써 살았다. 그만큼 먹고 사는 일차원적인 삶을 위해서는 큰 고생이나 노력을 하지 않았다는 뜻이다. 동시에 욕심이 모든 번뇌의 근원이라는 점을 굳게 믿었기에 그는 욕심을 심히 경계하였다. 그리하여 그 나름대로 계율을 만들고[戒], 마음을 평안하게 하는 수행의 방법을 터득할 수 있었고[禪], 지혜를 구하는 방법[慧]을 터득한 뒤 그것들을 제자들에게 가르칠 수 있었으며, 또한 요구할 수도 있었다. 급기야는 욕구를 갖게 하는 인간의 몸을 아주 더럽고 썩어 없어질 것이라 하여 '실체實體'로 여기지 않고 경시하는 경향마저도 띠었다.

반면, 예수님은 세상 사람들에게 가지고 있는 '보물[재산]'을 다 내어 놓아 '하늘'에 쌓아두라고 했다. 바꿔 말해, 가난하고 불쌍한 사람들을 위해 가지고 있는 재산을 풀어서 베풀라고 했다. 뿐만 아니라, 현실세계에서의 제한된 짧은 삶을 '육적인 허무한 삶'이라 여기고, 천국에 가서 영생하는 삶을 '영적인 삶'이라 하면서 영생을 위해서는 현실적인 고통이야 기꺼이 감내堪耐 · 감수甘受하라고까지 주장하였다.

욕심을 줄여 가짐으로써 심신의 고통을 더는 삶은 마음비우기와 깊은 관련이 있지만 '영생'을 조건부로 개인재산을 베풀어 이웃사랑을 실천하는 삶은 마음비우기와 무관하지 않지만 조금은 거리가 있어 보인다. 그렇듯, 모든 욕심은 더러운 몸에서 나오고, 그 몸은 끝내 썩어 없어지기 때문에 그것을 가볍게 여기는 태도나 시각은 오늘을 사는 현대인들에게는 받아들여지지 않을 뿐 아니라 오히려 역행한다 해도 틀리지 않을 것이다.

따라서 큰 욕심을 버리고 자기 능력이나 분수에 맞게 '적당히' 살라는 말은 가능해도 어떠한 이유에서든 온전히 다 비우라고 요구하는 것은 말장난이나 위선에 불과하다. 그렇듯, 많은 것 가운데에서 조금 떼어 주는 것은 쉬운 일이어서 누구나 쉽게 실천할 수 있지만 다 내어주는 것은 불가능하다. 결국, 그러는 내가 먼저 노숙자가 되어야 하고, 그러는 내가 먼저 누군가에게 손을 내밀어야 하기 때문이다.

그러나 분명한 것은 욕심과 욕구가 적어야 활동이 적어지고 불필요한 생각이 또한 적어진다는 사실이다. 따라서 몸과 마음을 편하게 하려면 그 욕심·욕구부터 줄여야 하는 것만은 틀림없다. 그 욕심과 욕구가 줄어들면 자연스럽게 오만함이 줄어들고, 그 자리에 자기도 모르게 겸손이란 것이 깃들게도 된다. 이런 의미에서도 마음비우기는 유효하며, 명상에 적지 아니한 도움이 되는 것이 사실이다.

명상 관련 세 가지 오해

12-1 마음은 몸을 어디까지 통제할 수 있는가
12-2 '깨달음'이 먼저냐 '큰 기쁨'이 먼저냐
12-3 영과 육이 과연 분리될 수 있는가
12-4 영이란 무엇인가
12-5 어느 장례지도사의 고백

적지 아니한 사람들은 명상이나 좌선을 통해서 '아주 특별한 기대'를 하는 것 같다. 그 특별한 기대란, 보통 사람들이 갖지 못하는, 아주 특별한 능력을 말함인데, 곧 좌선에서 말하는 '신통력'을 포함한 '초능력'을 갖는 것으로 믿고, 그것들을 체험하고 얻기 위해서 노력한다는 뜻이다. 예컨대, 공중부양과 축지·비행 능력은 말할 것 없고, 타인의 마음을 읽는 '타심통'과 천리 밖까지 내다보는 '천리안' 등을 얻는다고 생각한다. 뿐만 아니라, 명상하는 사람이 자신의 체온을 임의로 조절하여 추위에 아랑곳하지 않고, 심지어는 그 몸의 열熱로써 입고 있는 옷에까지 불이 붙게 하며, 아무 것도 먹지 않은 채 수일 혹은 수십 일을 앉아서 명상해도 신체상의 변화가 일어나지 않는다고도 한다. 그런가 하면, 명상하는 사람의 마음[영혼]이 자신의 몸을 떠나 시공을 초월하여 이동할 뿐 아니라 그 영혼이 명상하는 사람이 부여하는 임무를 수행한다고까지 믿는다. 예컨대, 지구 반대편까지 가서도 특정인을 만나 그의 병을 치료하는 등 자신의 영혼을 원격 조정할 수 있도록 '유체이탈'을 자유롭게 한다는 것이다. 또 그런가 하면, 깨달음을 얻기 위해서 명상을 하고, 그 명상 중에 깨달음을 얻게 되면 기뻐지는 것이 부처님의 경우처럼 일반적인데, 거꾸로 깨달음을 얻기 위해서 '기쁨의 도가니' 속에 자신의 심신을 옮겨 놓는, '빠른 방법'이 있다고 믿는 사람들도 있다.

정말이지, 이런 일련의 주장들이 객관적으로 믿을 만한 것이며, 실제로 가능한 일인가? 물론, 나는 '아니라'고 생각한다. 명상생활을 통해서 내가 직접 경험해 보지 못한 일들에 대해서는 책임감 있게 말할 수 없는 것이고, 또한 말해서도 안 된다고 생각한다. 그래서 위 주장들에 대해서 그 진위眞僞와 시비是非를 명쾌하게 가릴 수 없어서 잠정적으로 '오해'라는 말을 빌려 쓰고 있지만 그에 대한 답은 이 책을 끝까지 다 읽는 독자 여러분들의 판단에 맡길 따름이다.

굳이, 나의 개인적인 생각을 미리 밝히자면, 마음으로써 몸을 어느 정도 통제할 수는 있으나 반드시 한계가 있으며, 깨달음을 얻었기에 기쁨이 수반되는 것이지 기쁨 속에 심신이 머문다고 해서 깨달음이 얻어지는 것이 아님을 굳게 믿고 있다. 그리고 영혼의 영생永生과 영육분리[유체이탈]를 믿지 못하기 때문에 예수교 · 이슬람교 · 불교 등의 경전들을 탐독했어도 여전히 무신론자로 남아 있는 것이다.

12-1 마음은 몸을 어디까지 통제할 수 있는가

불교가 국교인 나라들 가운데에 '환생還生'을 집단적으로 철저하게 믿는 티베트나 부탄 사람들의 일부가 명상의 초능력을 주로 믿고 있다. 실제로, 부탄에서는 한 젊은이가 나무 아래에 앉아서 밤낮을 가리지 않고 아무것도 먹지 않은 채 가부좌를 틀고 수십 일을 머물러 있었던 일을 생중계하다시피 한 적도 있다. 하지만 그런 명상을 한 젊은이의 끝이 어떻게 되었는지 공개되지 않고 있다. 그런가 하면, 티베트의 수행자들이 추운 날씨 속에서 웃옷을 벗고 아무렇지도 않은 듯 명상하는 모습을 보여주곤 한다. 과연, 명상하는 사람의 마음이 자신의 몸을 어디까지 통제할 수 있는 것일까?

정신적인 믿음과 신체적인 훈련을 통해서 어느 정도는 가능하다. 하지만 한계가 있고, 그런 한계조차도 사람마다 그리고 노력 정도에 따라 다를 수 있다. 사람의 몸과 마음이란 주어진 환경에 맞게 적응하려는 성향[本能]과 일정 범위 내에서의 그런 잠재된 능력을 갖고 있기 때문이다. 그래서 조금만 주의를 기울이면 환경변화에 적응하려는 자신의 진지한 모습이나 보이지 않는 생리적인 변화까지도 직간접으로 확인할 수 있다. 예컨대, 우리가 신체적 정신적 고통을 느낄 때에 몸과 마음은 그것을 최소화시키려고 자기 의지와 상관없이 본능적으로 움직인다. 그래서 운동을 하거나, 사고로 인해서 신체적인 고통이나 통증이 느껴질 때에도 그것들을 최소화시키려고 본능적으로 생화학적 반응을 일으키며 그 고통을 줄이고자 한다. 그런 것처럼 골치 아픈 일이 있을 때에도 그것을 외면하거나 망각하려는 태도를 보이는데 그것도 같은 맥락에서 일어나는 현상들이라고 본다. 이처럼 우리의 몸과 마음은 고통을 주는, 새로운 환경에 적응하면서, 혹은 익숙해지면서, 극복해 내는 것이다.

문제는, 그 익숙해짐도 한계가 있고, 경우에 따라서는 '중독中毒'으로까지 떨어지기도 한다는 사실이다. 그렇게 되면, 힘들던 것도 힘들지 않는 것처럼 느끼게 되고, 참지 못할 고통도 잘 참아내기도 한다. 그만큼 자신도 모르게 고통에 익숙해지면서 무디어지는 것이다. 그런데 익숙해지는 일도 어느 범위 내에서는 신체 기관의 기능적인 잠재력을 일깨워 건강을 도모하는 데에 도움이 되지만, 지나치면 기관의 수명을 재촉하는 일 곧 발병發病의 원인이 되거나 노화老化를 촉진하는 일이 되기도 한다.

구체적인 예를 들어 설명하자면, 평소에 운동을 하지 않던 사람이 건강을 생각해서 처음으로 큰마음을 먹고 달리기를 시작했다 하자. 조금 달리다보니 10여 분도 안 되어서 숨이 차고 이내 곧 가슴이 답답해져 왔다. 이때 주저앉아 쉴까 하다가도 속도를 조금 늦추긴 했지만 '이래서는 안 되지' 라고 생각하면서 계속 참아내며 뛰었다. 그랬더니 그 답답함이 거짓말처럼 조금씩 사라져 갔다. 그 다음 날에도 똑 같이 뛰었다. 그리고 그 다음날도 또 뛰었다. 그러자 숨이 차고 가슴이 답답해져오는 최초의 시간이 조금씩 늦추어졌다. 그렇게 이 달도 뛰고 다음 달도 뛰다보니 언제부턴가 그 시각만 되면 몸이 먼저 달리기를 하지 않느냐고 자신에게 요구하거나 재촉하는 기분이 든다. 어제와 똑 같은, 혹은 유사한 운동 곧 신체적인 활동과 그에 따른 고통과 에너지 소비가 이루어지기를 몸이 먼저 준비하고서 기다리는 것처럼 은연중 요구하는 것이다. 이런 요구에 이끌리어 피곤하여 쉬고 싶은 날에도 운동하게 되는 것이 소위 중독이다. 이렇게 되면, 그 운동을 해야 만이 하루일과가 끝난 것처럼 여겨지기도 한다.

이런 일이 일어나는 과정의 몸속 기관들이 일하는 분주한 모습을 들여다보라. 곧, 달리기를 한다는 것은 몸을 움직이는 것이고, 몸을 움직이는 것은 에너지를 소비하는 일이다. 그래서 필요한 에너지를 공급해 주려다보니 심장박동이 빨라지고, 그에 따라 숨이 가빠지고, 가슴마저 답답해져 온다. 심하면 그 답답함이 통증으로까지 느껴지게 된다. 바로 이때에 몸은 그 답답함과 통증을 해소하려고 부신 수질에서 '아드레날린'을 분비시켜 산소와 포도당의 공급을 뇌와 근육에 촉진시키고, 간속 포도당에 글리코겐의 이화작용을 증가시킴으로써 혈당 수준을 높이면서 지방 세포 속의 지질을 붕괴시켜 에너지를 공급해준다. 보이지는 않지만 우리 몸 안에서는 이런 일이 일어난다. 이처럼 우리 몸은, 스스로 처한 상황에 맞게 필요조건들을 충족시켜 주려고 노력한다. 그러나 여기에도 한계가 있다.

바로 이 같은 신체의 메커니즘 때문에 운동을 하다보면 그 능력이 신장되며, 나아가서는 습관과 중독이 되기도 하고, 심신의 고통조차도 익숙해지는 것이다. 신체의 이런 특성을 이해하고 지혜롭게 건강을 도모할 필요가 있지만 근원적으로 젊었을 때부터 몸을 아껴 쓸 필요도 있는 것이다. 신체 기관의 기능에는 한계가 있는 법이고, 그것들의 수명이 유동적이지만 한정되어 있기 때문이다.

따라서 적당한 운동은 신체 기능을 신장시켜 주지만 잘못되거나 지나친 운동이 습관이 되면 자칫 중독이 되며, 그 중독은 집착하게 만들고, 집착은 자신이 '기울어지는 배' 위에 올라탄 것조차 지각知覺하지 못하게 한다. 여기서 기울어지는 배란 신체의 각 기관에게 일을 너무 많이 시켜서 피로하게 하고 노화를 촉진시키고 기능장애를 일으키는 상황이다.

이처럼 사람의 몸과 마음은, 주어진 환경과 여건에 맞게 적응하려는 '가변성可變性'이라 할까, '가소성可塑性'을 띤다. 따라서 인위적인 환경과 여건을 조성해줌으로써 그 변화할 수 있는 능력을 점점 키워나갈 수는 있다. 이것이 운동이고 훈련이고 수행이다. 그러나 역시 한계가 있다. 바로 심신의 적응력과 가소성 때문에 마음이 몸을, 그리고 몸이 마음을 어느 정도 통제할 수 있는 것인데 그것을 극대화시키는 것을 명상의 주목적으로 여긴다면 예기치 않은 일이 생길 수도 있다. 예기치 않은 일이란, 명상 과정에서 얻는 것보다 잃는 것이 더 크게 나타난다는 뜻이다. 부탄의 젊은이처럼 먹지 않고 수십 일을 명상한다고 앉아 있어서 결과적으로 얻은 것이 무엇인가를 생각해 보라. 부처님은 몸의 욕구를 통제하면서 명상한 결과 몸과 마음과 삶의 본질 등에 대한 깨달음을 얻었지만 여러분들은 무엇 때문에 명상하는가? 고작, 보란 듯이 자랑하고픈 허황된 초능력인가, 신통력인가.

12-2 '깨달음'이 먼저냐 '큰 기쁨'이 먼저냐

널리 알려졌다시피, 부처님은 분명히 깨달음을 얻기 위해서, 그러니까 의문에 대한 답을 구하기 위해서 출가하여 5년 동안 수행하는 과정을 밟았다. 스승의 가르침도 받아보았고, 고행도 시도해보았고, 홀로 명상도 해보았다. 결국, 그는 명상

중에 큰 깨달음을 얻었고, 그 깨달음을 얻었기에 한동안 기쁨에 휩싸여 있었다고 한다. 얼마든지 그럴 수 있는 일이라고 생각한다. 오랫동안 알고 싶었던, 실로 궁금하기 짝이 없었던 문제에 대한 답이 어느 날 갑자기 구해졌으니 당연히 무릎을 칠 만큼 기뻤을 것이다. 그의 머릿속을 늘 무겁게 했던 문제 가운데 문제가 바로 '인간 존재의 본질'과 '번뇌 없는 삶의 방법'이었으니 더더욱 널리 알리고 싶은 욕구도 생기었으리라 생각된다.

그런데 불교의 일부 종파에서는 거꾸로 생각하여 기쁨의 정점에서 깨달음을 얻을 수도 있다고 판단하고서 성교性交나, 약물에 의한 환각상태나, 각종 도구를 이용한 정신집중 훈련 등을 통해서 열락悅樂의 상태로 진입하여 자신의 몸과 마음을 그 '기쁨의 도가니' 속에 놓는다. 한 마디로 말해, 명상의 긴 사유 과정인 수행을 다 생략하고 아주 빠르게 깨달음을 얻을 수 있지 않을까 하는 기대에서 시도된 것으로 비밀스럽기 때문에 세인들은 '밀교密敎'라 부르는 것이다. 오늘날 인도·중국·네팔 등의 박물관이나 티베트의 오래된 사원에 가면 그 밀교의 흔적들이 고스란히 남아 있다. 소위, '합환불合歡佛'이나 '불탑 안의 남녀성교 벽화'등이 그것이다. 이 합환불과 불탑 안의 남녀성교 벽화에 대해서는 필자의 다른 저서『시간의 수레를 타고 (신세림출판사, 2008, 양장본)』의 「입 맞추고 포옹하는 부처님(PP. 243~246)」과 「상상력을 자극하는 팔코르최데(白居寺) 쿰붐(十萬佛

163

塔)의 남녀성교 벽화(PP. 2249~255)」라는 글을 참고하기 바란다.

　그러나 여기에는 근원적인 문제가 하나 있다. 그것은 몰랐던 사실을 알게 되거나 궁금했던 문제의 실마리가 풀림으로써 느끼는 정신적 기쁨을 인위적으로 일으킨 생화학적 반응을 전제로 생기는 몸의 감각적인 쾌락과 동일시하려는 무지無知이다. 이는 엄연히 다른 것이며, 부처의 기쁨과도 거리가 있는 것이다.

　인간의 성교를 빗대어서 신神의 창조적 활동을 설명하는 힌두교의 주장도 너무나 '인간적'이지만 유치하고, 부처의 정신적인 기쁨을 인간의 성적 오르가슴으로 빗대거나 동일시하려는 시각이나 발상 자체 또한 더없이 유치하게만 보인다. 왜냐하면, 깨달음이란, 명상을 한다고 해서 어느 날 갑자기 하늘에서 뚝 떨어지는 것과 같은 뜻밖의 '얻어짐'이 아니라, 단계별 지속적인 사유과정을 통해서 얻어지는 사실에 대한 인식이며, 그 축적된 사실들에 대한 통합적統合的 통찰력通察力의 결과이기 때문이다.

몸과 마음은 분리될 수 없지만 몸이 마음의 집이라면 마음은 몸의 주인이다.
—이시환의 아포리즘aphorism 153

12-3 영과 육이 과연 분리될 수 있는가

어떤 명상가는 종교인들의 믿음처럼 영靈과 육肉의 분리를 믿고, 또한 육은 소멸하지만 영은 죽지 않는다고 믿는다. 그러면서 명상으로써 자신의 영이 자신의 몸을 빠져나가는 것을 볼 수 있고, 그 영이 자신이 원하는 곳이라면 어디든 가서 부여하는 임무를 수행한다고 주장한다. 그 임무라는 것도, 특정인에게까지 가서 그의 건강상의 문제를 체크하고 그와 대화를 나누기도 한다는 것이다.

그렇게 말하는 그가 진맥하듯이 나의 손목 위에 손을 대더니 '몸 안에 좋지 않은 기운'이 많다고 하면서 자기가 그것을 다 소멸시켜 주겠다고 한다. 이런 믿기지 않는, 황당한 주장을 펴며 스님 행세를 하고 다니는 돌팔이 명상가를 딱 한번 만난 적이 있는데 그의 저서를 일독해 본 결과 '유체이탈'을 주장하는 인도의 소수 명상가들의 견해를 여과 없이 늘어내놓고 있음을 확인하였다.

나는 틈틈이 명상생활을 해왔고, '불경'과 '성경'과 '코란' 등을 읽어보았지만 '영육이 분리될 수 없는 하나'라는 사실을 여전히 믿고 있기 때문에 그런 주장을 펴는 사람들에 대해 호기심을 갖고 관찰해 왔다. 심지어는 전생의 업보를 말하고, 귀신들과 대화를 나누며, 앞으로 닥칠 일을 미리 말해준다는 도사를 일부러 찾아가 만나 밤새 대화를 나누어 보기도 했다. 그럼에도 불구하고, 나는 여전히 영육분리를 믿지 못하고 있다. 그것을 입증할 만한 어떠한 증거를 찾지 못했기 때문이다.

명상생활을 통해서 상대적으로 몸을 경시할 수는 있었어도 그것을 온전히 버릴 수는 없다. 이것이 나의 한계인지는 몰라도 몸을 외면·무시함으로써 그로부터 자유로울 수 있다는 것만으로도 엄청난 소득이다. 어느 정도 몸의 고통이나 고민 등을 비교적 쉽게 잊을 수 있고, 또한 마음으로써 몸을 관찰하고 조종하여 몸이 가지는 잠재력을 이끌어내어 건강을 도모하는 데에 도움을 받을 수도 있기 때문이다. 나는 여기까지만 믿고 있으며, 내가 체험해 보지 못한 영역에 대해서는 확신할 수 없기에 영육분리나 영의 영생을 주장하지 않으며, 믿지도 않는다.

12-4 영이란 무엇인가

영靈이란 무엇인가? 사전에서 말하는 것처럼 '①인간의 몸에 생명을 부여하고, ②마음까지 움직이는 무형(無形:형태가 없는)의 실체'라고 생각하는가. 어쩌면, 대다수의 사람들은 그렇게 생각하며 믿고 있을 것이다. 뿐만 아니라, 자신의 몸이 죽은 뒤에도 그 몸을 떠난 영만은 독자적으로 살아 있으리라 기대할 것이다.

왜 그럴까? 그런 내용으로 교육을 받았고, 그렇게 교육받은 내용을 무비판적으로 받아들이고 있기 때문일 것이다. 그리고 한 가지 더 근원적인 이유가 있다면, 죽은 사람이 산 사람에게 미치는 영향 곧 죽은 자의 잔상(殘像:사람은 죽어 없어졌지만 그가 남긴 이미지나 정신적 가르침 등을 포함한 영향력) 탓일 것이다.

사실, 영에 대한 그런 내용이 전제되어 '중음신(中陰身: 사람이 죽은 뒤에 다음 생을 받을 때까지의 상태)'이란 말이 나오고, '부활復活'이니 '환생還生'이니 하는 말들도 나왔지만 그것들을 증명해 보일 수는 없다. 물론, 부활을 입증해 보이고자 애를 많이 썼던 예수교의 사도 바울도 결국은 씨앗의 싹, 곧 종자種子 발아發芽로써 빗대어 말했고, 환생을 입증해 보이려고 애를 많이 썼던 나가세나 스님도 망고나무의 열매 씨앗으로써 설명했지만 공히 부활이나 환생을 설득력 있게 증명해 보이진 못했다. 이들의 말대로라면, 식물의 종자에 해당하는 것이 인간의 영이란 뜻이겠지만, 정말로, 인간의 영이 식물의 종자인 씨앗에 해당한다고 보는가? 물론, 아니다.

분명한 사실은, 종자는 형태를 갖추고 있지만 영은 형태가 없다. 그리고 종자는 수분과 열에너지를 받으면 종자 내의 생화학적 물질변화와 함께 싹이 트는 모습을 보이지만 인간의 영은 어떠한 조건에서도 부활 혹은 환생하는 모습을 보이지 않는다. 다만, 경전의 문장 상으로는 하나님의 권능이나 특정 보살 [부처님]의 능력이 임하기 전에는 그런 현상이 일어나지 않는다.

그렇다면, 하나님의 권능이나 특정 보살의 능력이 수분과 열에 너지라도 된단 말인가. 한 마디로 어불성설語不成說이다.

그건 그렇다 치고, 이야기를 원점으로 돌려서, 인간의 몸에 생명을 부여하는 것이 영이라면, 죽음을 어떻게 설명할 수 있을까? 영이 스스로 부여한 생명인데 영은 왜 스스로 생명을 거둬들이는 것일까? 아니면, 스스로 부여한 생명을 왜 포기하는 것일까? 만약, 스스로 포기하거나 스스로 거둬들이는 것이라면, 정말이지 그 이유는 무엇일까? 기계機械의 수명壽命과도 같은 몸의 한계, 곧 생명체로서의 운명적인 속성 때문이라고 말할 것인가? 인간의 몸에 생명을 부여하는 것이 정녕 영이라면 그 생명을 앗아가는 것도 또한 영이어야 하겠지만 받아들이기 곤란한 것 같다. 왜? 영은 근원적으로 오래오래, 안전하게, 온갖 욕구를 충족시키면서 살고 싶어 하는 속성을 지녔기 때문이다. 바꿔말해, 정상적인 경우 죽고 싶어하는 영은 없을 것이기 때문이다.

식물은 씨앗으로써 종족을 번식시키면서 대代를 이어가지만 인간은 자식을 낳음으로써 종족을 번식시키고 대를 이어간다. 그리고 대를 이었다고 해서 씨앗이나 전대前代의 사람이 부활되었거나 환생되었다고 말할 수는 없다. 대를 잇는 것이 부활이라면 전대前代와 후대後代가 동일 존재이어야 하는데 결코 그렇지도 않다. 그리고 환생이라면 말 그대로 다른 생명체로 바꿔 태어나기도 해야 하는데 대만 잇는다면 환생이라 할 수 없지 않는가. 인간을 포함한 모든 생명체가 태어나고, 성장하고,

늙고, 병들고, 죽고, 대를 이어가는 과정을 전제한다면 인간의 몸과 마음을 주관하는 별도의 영이 존재한다고 보기에는 도무지 믿기지 않는다.

자신의 몸에 생명을 부여했던 영이 왜 자신의 몸을 병들게 하며 죽게 내버려 두겠는가? 영은 오로지 건강하게, 오래오래, 아니, 영원히 살고 싶으나 몸이 그와 무관하게 병들고 죽을 수밖에 없는 상황에 놓이는 까닭이 무엇이냐 말이다. 영이 진정 인간의 몸에 생명을 부여하는 실체라면 인간의 죽음이 없어야 옳다. 죽지 않는 영은 어떠한 방식으로든 몸도 죽지 않게 할 것이기 때문이다. 그런데 그렇지 못한 것으로 보면, 영이란 그런 능력이 있는 실체가 아니라는 뜻이다.

또한, 인간의 마음까지 움직이는 것이 영이라 한다면, 울고 싶은 마음도, 살인殺人하고 싶은 마음도, 하나님을 경외하거나 조롱하는 마음 등도 다 영이 조종하고 연출하는 결과라고 말할 수 있을까? 여러분들의 생각이나 믿음으로는 '그렇다'고 말해야 옳지만 이 대목에서만큼은 '아니다'라고 부정하고 싶을 것이다.

마음은 그저 감정을 수반하는 판단 곧 생각이고, 그 생각이나 판단은 감각기관과 뇌에서 이루어지는 유기적 작용으로서 생화학적 물질대사를 전제로 존재하는 사유思惟로서 생명현상일 뿐이다. 따라서 마음에 영향을 미치는 영이란 것도 따지고 보면 사람마다 달리 가지는 뇌 기능에서 나오는 것이라고 생각된다. 몸의 구조가 갖는 생명현상 가운데 사유기능일 뿐이며,

그 사유로부터 비롯되는 그 무엇이 아닐까 싶다.

그렇다면, 사람의 마음을 움직이는 것이 있다면 무엇일까? 두 가지 요소가 있다고 생각한다. 하나는, 뇌에서 이루어지는 사유과정에서 전제되고 수반되는 생화학적 물질대사이다. 간단히 말하여, 그 과정에 어떠한 조건이 조성되느냐에 따라서 마음이 영향을 받는다고 생각한다. 쉬운 예를 들어 설명하자면, 마약이나 마취제 같은 향정신성 물질을 주입하면 뇌가 평소와 전혀 다른 기능을 보인다는 사실이 잘 말해준다.

그리고 그 다른 하나는, 오랜 사유과정에서 축적된 내용들 가운데에서 삶의 원칙이나 생존의 중요한 방법론으로 인지되어 선택된 것들로써 재구성된, 생존본능에 가까운 개인적인 가치관의 핵심으로서 다른 사유 활동이나 행동에 직간접으로 영향을 미치는, '만들어진 자아自我'이다. 이 자아는 선천적으로 타고나는 유전적 형질과 후천적으로 형성되는 가치관의 핵심이 결합하여 그 사람을 그 사람답게 하는 구실을 한다. 그래서 대개는 죽을 때까지 견지되는 경향이 있지만 실은 그조차 조금씩 변할 수도 있다. 따라서 자아로서 영은 몸의 생명현상이 정지되면서 자연히 소멸되는 것이다.

만약에, 내 판단과 달리 인간의 몸에 생명을 부여하고, 마음까지 움직이는 실체로서 영이란 것이 존재한다면, 그동안 이 지구상에서 살았던 수많은 인간들의 영은 다 어디로 가 있으며, 어떤 조건이 충족되어야 그것들이 다시 몸을 입어 부활하며 환생하는 것일까? 해당 경전과 그것을 믿는 사람들에게 정중히 묻고 싶을 따름이다. 물론, 부활을 믿는 사람들은 예수에 의한 지상에서의 죽은 자와 산 자에 대한 심판이 있을 때에 부활이 이루어진다고 주장하지만 그 심판의 때는 아직까지도 도래하지 않았다. 그리고 환생을 믿는 사람들은 죽은 자를 심판한다는 열 명의 왕으로부터 심판이 끝나야 비로소 환생한다고 주장함을 잘 알고 있다. 공히, 밑도 끝도 없는 고대인古代人의 소망이 담긴 이야기일 뿐이라고 생각한다. 경전의 해당 내용을 조금만 더 깊이 파고들면 이들 이야기가 얼마나 일방적인 주장이며, 인간의 꿈을 반영한 허구인가를 알게 되리라 믿는다. 이 부분에 대한 증거는 필자의 다른 저서『경전분석을 통해서 본 예수교의 실상과 허상(2012. 신세림출판사)』이란 책이 잘 말해주리라 믿는다.

여하튼, 대다수의 사람들은 예로부터 내려오는 종교적인 주장을 직간접으로 많이 접해서 각인刻印 · 세뇌洗腦되다시피 되어버렸고, 또한 그런 과정에서 반신반의半信半疑하다가도 '무비판적으로' 혹은 '막연히' 받아들임으로써 생기어 고착되는 일종의 '고정관념'에 사로잡혀 있다는 것이 나의 판단이다. 이 고정관념은, 인간의 욕심과 꿈이 반영된 상상의 산물에 지나지 않는다는 것을 깨우쳐 알 필요가 있다고 본다.

한 인간이 어머니 뱃속에서 나와, 성장하고, 늙고, 병들어 죽는 과정을 생각해 보라. 그리고 그 대代가 이어지기도 하고 끊어지기도 함을 생각해 보라. 인간의 몸에 생명을 불어넣는 별도의 존재 – 그것을 '영'이라 하든 다른 이름의 실체라 하든 –

가 정말로 있을까?

예수교 경전에서는 흙으로 만들어 놓은 몸의 콧구멍에 하나님이 생기를 불어 넣었다고 주장한다. 그러니까, 그 생기가 곧 생명이란 뜻이다. 하지만 그 생기를 영이라고 주장하는 사람도 있다. 그런 사람들은 하나님이 불어넣은 생기 곧 그 영[靈性] 때문에 인간만이 하나님을 경외하는 속성을 지닌 종교적 동물이라고 주장하기도 한다. 그럴 듯한 궤변이다. 그러나 분명한 사실은, 몸이 먼저 만들어지고 난 후 생명이나 영이 부여되는 것이 아니라 몸이 형성되면서 그 단계에 맞추어져 기능이 나오는 것이고, 그 기능이 바로 생명 그 자체라는 점이다.

다시 그렇다면, 생명이 곧 영이라고 말할 수 있는가? 영을 실체로서 믿는 사람들은 당연히 '그렇지는 않다'고 생각할 것이다. 영이 몸과 마음을 통제하듯 주관한다고 여길 뿐 아니라 죽지도 않는다고 믿기 때문이다. 그러나 영은 생명에서 나오는 것이고, 생명은 몸의 구조에서 나오는 기능일 뿐이다. 특히, 생명현상 가운데 핵심인 사유는 감각기관과 뇌에서 이루어지는데, 살아가면서 갖게 되는 숱한 생각이나 판단들 가운데에 생존에 필요하고, 삶의 원리라고 인지되는 그것들[생각이나 판단]을 가지고 본능적으로 재구성한 가치판단 체계가 영이라고 생각된다. 그것이 다른 생각이나 판단뿐 아니라 행동에도 영향을 미치는 것이다. 그래서 영은 몸과 마음을 지배하는 듯한 성격을 띠며, 동시에 절대적인 신뢰를 받는다.

그러므로 영은 생각을 낳는 생각이고, 판단을 낳는 판단이며, 모든 생각과 모든 판단의 원형격인 것이지만 처음부터 있었던 것은 아니다. 사람이 성장하면서 그 단계에 따라 형성되는 것이라 판단된다. 따라서 대개는 일생동안 변화하지 않고, 사람마다 다르지 않는 것처럼 느껴지는데 그것은 모두에게 공통적으로 갖는 내용으로 구축되기 때문이다. 이러한 시각에서 볼 때, 영은 '우리'의 고정관념 내지는 집단 무의식과도 무관하지 않으며, 근원적으로는 주관적인 것이지만 공유되어지는 부분이 큰 것도 사실이다. 이런 영은 몸과 마음에 영향을 미쳐서 평상시 말이나 행동을 간섭하기도 하지만 몸과 마음으로부터 영향을 받기도 한다.

실체로서 존재하지는 않지만 뇌에서의 사유가 있기 때문에 존재하는 영이란 점을 감안하여 그것의 잠재력을 개발·신장시킬 수 있도록 일상 속에서 노력하는 것이 무엇보다 중요하다고 본다. 사실, 이것이 적극적인 생존법이라 할 수 있다. 암시·집중 등 훈련을 비롯하여 충분한 영양공급·휴식 등을 소홀히 해서는 안 되며, 뇌가 원치 않는 외적 자극, 곧 뇌 기능에 좋지 못한 영향을 미치는 약물·미생물의 침입·심리적 물리적 충격 등으로부터도 보호되어야 할 것이다. 복잡한 구조와 기능을 갖는 뇌로부터 모든 것이 비롯됨을 유념해 둘 필요가 있다고 본다. 다수의 사람들이 실체로서 받아들이는 영靈이란 것도, 신神이란 관념도 다 마찬가지라고 생각한다.

12-5 어느 장례지도사의 고백

'장례지도사'로 일하는 초등학교 동창생의 고백을 지난 2014년 02월 09일 종로 3가 어느 찻집에서 들을 수 있었다. 그 고백의 핵심 내용인 즉 7년 동안 100여 건 가깝게 시신에 대한 염습殮襲을 하다 보니, 자신의 인생관이 크게 바뀌었다는 것이고, 죽은 사람의 무언가[靈영이나 氣기]가 존재한다고 확실히 느껴진다는 것이다. 특히, 자신이 직접 염습한 그 100여건 가운데에는, 시신을 보기도 전에 ①자신의 몸이 차가워지며, ②두려운 생각이 들고, ③염습하는 일이 꺼려지며, ④실제로 평소처럼 잘 되지 않는 경우가 다섯 차례나 있었다는 것이다. 그리고 눈을 뜨고 죽은 시신의 눈을 감기기 위해서 손으로 잘 매만지고 문질러도 감기지 않는 경우가 있는데, 그런 경우는 대개 죽은 자의 원망怨望이 크다는 것이다. 그는 그런 경우에 직면했을 때마다 죽은 자의 손을 두 손으로 힘주어 꽉 붙잡고 기도하듯이 '부디 원을 풀고 좋은 데로 가시라'고 진실로 애원했다 한다. 이러한 개인적인 경험에서 죽은 사람의 무언가가 있다고 느낄 뿐 아니라 이제는 믿게 되었다는 것이다.

하지만 나는 여전히 죽은 자의 영이나 기 따위가 존재하지 않는다고 믿는다. 물론, 온전히 죽었다면 말이다. 그런데 장의사가 시신도 보기 전에 심리적·생리적 변화를 일으키는 것은 그 사람의 경험에 뿌리를 둔 의식意識들이 자신도 모르게 재구성되어 신체적 심리적 조건과 만나면서 이루어진 결과라고 나는 생각한다. 그렇지 않다면, 동일한 조건에 있었던 다른 사람들에게도 동일한 현상이 일어나야 하기 때문이다. 그리고 눈이 잘 감겨지지 않는 경우는 죽어가는 과정의 마음 상태와 신체적 조건들에 의해 근육이나 피부가 심하게 경직된 데에서 오는 결과라고 본다.

중요한 사실은, 살아가는 긴 시간이나 죽어가는 짧은 시간이나 공히 마음 상태가 무엇보다 중요하고, 그 마음 상태는 어떤 생각을 하느냐가 결정적으로 영향을 미친다는 점이다. 이 같은 사실은 죽어가는 자의 환생을 인도해주는 티베트 「사자死者의 서書」가 잘 충분히 대변해 준다고 믿는다. 이 「사자死者의 서書」에 대해서는 나의 다른 책 『시간의 수레를 타고』(신세림출판사, 2008, 512쪽) 276~277페이지를 참고하기 바란다.

따라서 자신의 '마음'과 '생각'을 통제하는 '명상'이 평소에 요긴하고 중요한 이유를 더 이상 설명하지 않아도 되리라 본다.

태산泰山이 높다하나 하늘 아래 뫼이고,
5악五岳이 영험하다하나 사람의 마음에서 비롯됨이다.

─이시환의 아포리즘aphorism 59

일상 속에서의 아주 간단한 명상법

13-1 잠자리에 누워서
13-2 지하철 안에서
13-3 차나 술을 홀로 마시며
13-4 공원을 산책하며
13-5 음악을 듣거나 그림을 감상하며
13-6 목욕탕에서
13-7 상갓집에서
13-8 너무 기쁘거나 슬플 때에

'먹고 살기에 바빠 죽겠는데 무슨 놈의 얼어 죽을 명상인가?' 아니, '우울해질 틈조차 없이 일에 치여 사는데 무슨 명상이 필요하단 말인가?' 그렇다. 그런 사람들에게는 명상이 필요한 게 아니라 휴식이 필요하다. 휴식을 취하면서 그토록 바쁘게 살아가는 자신을 떠올려보며 생각하는 것이 곧 그런 사람에게 맞는 명상이다. 하지만 그런 최소한의 명상조차 하지 못한다면 어느 날 갑자기 그 분주한 일상의 끝 공허함이 밀려 올 것이다. 대개는 신체상의 건강이 무너지거나, 여유 있는 다른 사람들의 생활과 비교되면서, 그리고 이미 늙어버린 몸과 마음을 자각하면서 그 공허함이 밀려오지만 그 때는 후회를 수반한다. 따라서 아무리 바쁘고, 아무리 먹고 살기 힘들어도 각자의 생활여건과 짬을 이용하여 명상하면 비교적 심신을 맑게 가질 수 있고, 지혜를 얻어 그 공허함에 대처할 수도 있다. 그래서 평소에 명상하는 사람은 얼굴빛부터가 다르고, 사람을 대함에도 있어서도 한결 여유가 느껴지는 것이다.

차를 한잔 마시면서도, 공원을 산책하면서도, 음악을 듣거나 그림을 감상하면서도, 목욕탕의 따뜻한 물속에 들어앉아 있으면서도, 지하철을 타고 어딘가를 가면서도, 누워 잠들기 전에도 명상은 얼마든지 가능하다. 그 방법을 간단하게나마 소개하기 전에 그 기본 원칙을 먼저 밝히자면 이러하다.

첫째, 조용히 눈을 감고 무언가를 떠올려보는 일을
   습관화하라[心鏡 · 心眼].
둘째, 자기 자신과의 일대일 대화를 즐겨라[自己觀照].
셋째, 보고 들으라고 있는 눈과 귀이지만 그조차 아껴 쓰라.
넷째, 심호흡을 즐겨라.
다섯째, 상대적으로 부족하지만 만족하고 감사하라.

이 다섯 가지 원칙은 평상시 생활 속에서 명상하는 데에 있어서 기본적으로 바탕에 깔리는 전제조건이자 문제 해결의 주된 방법론이 되는 것이다.

13-1 잠자리에 누워서

> 누워 잠들기 전 10분 동안 만이라도
> 하루치의 삶과 자기 자신을 뒤돌아보라.

　사람마다 다르겠지만 대개는 하루 일과를 마치고 저녁식사를 하고 샤워를 하고 잠자리에 누워 잠들기 전 짧은 시간이 가장 편안하고 여유롭고 행복할 것이다. 그 시간을 이용하여 매일 10분 정도만 호흡을 가다듬고 생각하는 습관을 들이면 아주 훌륭한 명상을 하는 셈이다.

　우선, 눈을 감고 누워 하루 동안에 있었던 중요한 일들을 떠올려보라. 그 속에서 내가 만났던 사람에 대해서, 내가 했던 말이나 행동에 대해서, 나의 고민이나 앞으로 해결해야 할 문제 등에 대해서 생각해보라. 그리고 자신의 몸이 하는 말을 귀담아 듣고, 자신의 양심이 하는 말을 귀담아 들어보라. 특히, 내가 주변 사람들을 인지하고 판단한 내용보다는 주변 사람들이 나를 어떻게 인지하고 판단하는지에 대해서도 생각해 보라. 그리하여 반성할 것이 있다면 반성하고, 자위할 만한 일이 있다면 자위하고, 의지를 다져야 할 일이 있다면 굳게 다지고, 해결해야 할 문제가 있다면 그 해결책에 대해서 이리저리 머리를 굴려보라.

이처럼 별도의 명상 시간을 갖지 않고 하루치의 삶과 자기 자신을 되돌아보는 것으로도 바쁜 사람들에게는 아주 훌륭한 명상이 된다. 이러한 명상이 습관이 되다보면 어렵고 외로울 때에 나를 지탱해주는 지팡이가 되어주고 벗이 되어줄 것이다. 대다수의 소소한 경험들은 쉽게 잊혀지지만 곰곰이 새기어 본 것들은 차곡차곡 쌓이게 되고, 그들 간의 관계에서 공통인수와 차이점을 인지하게 되고, 다시 그것들을 일정한 질서에 의해 재구성하는 과정을 거치게 되면서 지식과 지혜를 얻을 수 있기 때문이다.

13-2 지하철 안에서

① 불쾌감을 받지 않고 주지도 않으며 최소한의 품위 유지를 위해서 명상이 필요하다.
② 자리에 앉거나 서있거나 단정한 자세를 취하되, 눈을 지그시 감고 호흡을 가지런히 하며,
③ 기분을 좋게 하는 과거사[추억]를 떠올리거나, 앞으로 해야 할 일을 미리 생각하거나,
④ 심신을 차분하게 가라앉히는, 아무런 생각 없이 단순히 숫자를 헤아리듯 무념무상을 지향하라.

지하철은 도시의 보통 사람들의 생활과 아주 밀접한 관계에 있다. 그만큼 많이 이용한다는 뜻이다. 그런데 지하철 안의 풍경은 내 뜻과 상관없이 펼쳐지게 마련이다. 곧, 신문이나 책을 보는 사람도 있고, 스마트폰으로 오락을 하거나 만화를 보거나 텔레비전을 시청하는 사람도 있으며, 기타 이메일이나 카톡이나 각종 인터넷 정보를 확인하고, 누군가와 문자메시지로 교신하거나 음성통화를 하는 사람들도 있다. 뿐만 아니라, 큰 소리로 옆 사람과 대화를 나누는 사람도 있고, 가끔 상품을 파는 사람이나 돈을 구걸하는 장애인들도 지나가기도 한다. 심지어는, 쳐다만 보기에도 불편하게 느껴질 정도로 누추하거나 통념을 벗어난 옷차림새를 한 사람들과 좋지 못한 냄새를 풍기는 사람들도 있고, 무례하게스리 다리를 벌리고 엇비스듬하게 누워 잠을 자는 사람도 있다. 그야말로 주는 것 없이 밉살스러운 사람들도 있다. 동시대를 살아가는 우리들의 모습이다. 물론, 이런 양태는 변하는 것이지만 그렇다고, 그들을 피할 수도 없고 외면할 수 없다. 그러다보니 붐비는 지하철 안은 상쾌함보다 불쾌함이 더 큰 것이 사실이다.

　이런 지하철을 타고 다니면서 타인들로부터 받는 불쾌감이나 정신적인 스트레스를 최소한으로 줄이고, 나 역시 다른 사람에게 그것들을 주지 않으면서 최소한의 품위를 유지해야 하는데 그 품위를 위해서라도'지하철 안에서의 간단한 명상'을 권하고 싶다. 앉아서도 서서도 쉽게 할 수 있는 명상이 습관이 되다보면 불가피하게 받는 스트레스를 최소화시키고 동시에 자기 발전을 꾀할 수도 있기 때문이다.

　우선, 자리가 없어 어느 한 쪽에 서 있다면 한 손으로 손잡이를 잡고 바르게 선 상태에서 지그시 눈을 감는 게 좋다. 그리고 자리에 앉아있다면 가능한 한 허리를 곧게 세우고, 두 다리는 가지런히 모으고, 오른 손이 왼손을 감싸듯 (그 반대도 상관없음) 덮은 상태로 자연스럽게 배꼽 위로 올려놓는다. 그리고 눈을 지그시 감는 게 좋다. 아무래도 눈에 보이는 것들에 영향을 받으며 불필요한 잡념 차단이나 정신집중에 방해가 되기 때문이다. 그런 다음, 자기 자신의 삶과 관련된 일을 생각하라. 당장 그날 벌어질 일로부터 평소 관심을 갖고 노력하는 일의 연속선상에서 생각해보는 것이다. 예컨대, 오늘 내가 가는 곳은 어디이며, 무엇 때문에 가는가? 목적지에 도착하게 되면 나를 무엇을 먼저 어떻게 할 것인가? 이렇게 미리 생각하고서 임하는 것과 그렇지 않은 상태에서 임하는 것과는 상당한 차이가 있다. 그렇듯, 자신의 관심사나 연구대상이나 어떤 문제 등에 대해서 지속적으로 생각하는 것과 그렇지 않는 것과는 차이가 있게 마련이다.

　만약에, 이런 자기 자신과의 대화가 싫다면, 지그시 눈을 감고 들숨과 날숨을 일정하게 하면서 그동안 살면서 가장 즐거웠던, 혹은 가장 아름다웠던 추억을 꺼내 한 폭의 그림처럼 떠올려 보라. 과거를 추억하는 것은 현재의 기분을 전환시키는 구실을 하기도 하지만 더 아름답고 더 의미 있는 미래를 꿈꾸게 한다. 이런 일조차 싫다면, 아무 생각 없이 눈을 감고 몇 정거장이나 갈 수 있는지 실험하듯 하나 둘 셋… 숫자를 천천히 헤아려 보라. 명상 초심자는 한두 정거장도 못가서 눈을 뜨거나 그 일이 중단된 채 다른 생각을 하게 될 것이다. 그러나 반복적으로 연습을 하면 조금씩 그 시간이 길어진다. 일종의 정신집중 훈련인 셈이다. 결국, 명상도 정신집중을 기본으로 하며, 연습이 필요한 것이고, 그런 만큼 습관이 되어야 한다는 뜻이다.

이러한 명상은 불필요한 생각을 하지 않음으로써 마음을 청정하게 하고, 불필요한 생체 에너지 소비를 줄임으로써 생명력 보전에도 도움이 된다. 쉽게 말해서, 아름답지 못한 것을 보지 않고, 불쾌한 소리를 듣지 않음으로써 불필요한 곳에 신경을 쓰지 않겠다는 뜻도 담겨 있다. 이것이 세상살이에 얼마나 큰 도움이 되느냐고 반문하고 싶은 사람도 있을 것이다. 그런 사람은 매 식사 때마다 다른 사람에 비해서 소금 한 알씩을 더 먹는다고 생각하고서 평생 몇 알이나 더 먹을까를 계산해보라. 작은 습관이 엄청난 결과를 가져올 수도 있음을 깨닫게 될줄로 믿는다.

그리고 젊을 때에는 지하철이나 버스 안에서조차도 조용히 책을 읽는 것이 우선되겠지만 나이를 먹어 장년이 되면서는 정신집중과 생각의 힘을 키우는 명상이 훨씬 요긴하다고 생각한다. 평소에 눈귀조차 아껴 써야 할 필요가 있는데 이는 자연스런 현상이며, 삶의 지혜이기도 하다.

13-3 차나 술을 홀로 마시며

따뜻한 차는 사람의 뱃속을 편안하게 해주며, 카페인 성분이 감각기관을 예민하게 하여 사고력 집중에 도움을 준다. 술은 미각을 자극할 뿐 아니라 알코올 성분이 신진대사를 촉진하여 혈액순환을 왕성하게 한다. 그것을 적절히 활용하면 건강에 도움이 되기도 하지만 과용하면 오히려 건강을 해칠 수도 있다. 그래서 예로부터 잘 마시면 백약지장百藥之長이요, 잘못 마시면 패가망신하는 지름길이 된다고 했다. 시간과 돈을 써야 하고, 자칫 간肝이나 신장腎臟으로 하여금 일을 많이 하게 할 뿐아니라 그 과정에서 다른 영양소들을 소비하기 때문이다.

어쨌든, 살아가면서 술이나 차를 전혀 마시지 않는 사람들도 있지만 많은 사람들은 개인마다 정도 차이는 있지만 그것들을 즐긴다.

이들을 즐길 때에 할 수 있는 명상이란, 호흡으로써 심신을 편안하게 하고, 감각기관 가운데에서 미각味覺의 문을 유독 크게 열어 그 맛을 느끼어 지각하고, 그 과정을 통해서 자신의 몸과 마음의 변화를 읽는 것이다. 그 변화를 감지하려면 홀로 있어야 하고, 미각이 아주 예민한 상태로 반응해야 하며, 다른 잡념이 없어야 한다. 그런 사람에게는 찻잔의 찻물 위로 떠있는 먼지까지도 다 보이게 되고, 한 잔의 술이 입안과 혓바닥을 휩쓸고 목구멍 안으로 넘어갈 때에 일어나는 소용돌이와 그 뒤 끝 여진이 감지되는 것이다. 이렇게 미각에 크게 의존하는 침잠도, 사유도, 자신과의 대화도 다 경험으로 축적되고, 그것으로써 안락함과 지식과 지혜를 얻는 기회가 되고 방법이 된다.

대체로, 사람들은 나이를 먹으면서 다양한 음식 맛을 보는 경험이 축적되게 되고, 그에 따라 미각이 세분화된다. 예전에 느끼지 못했던 맛과 향기를 느끼게 되는 것이 그 증거인데 그 즐거움을 놓치지 않는 것도 삶의 즐거움 가운데 하나이다. 그러나 그것도 잠시다. 신체의 노화진행에 따라 각 기관의 기능들이 퇴화되면서 예전에 즐겨 먹던 것조차 먹지 못하게 되고, 그 끝에는 아주 맛있는 음식을 앞에 놓고도 입안에 넣지 못하는 슬픈 날도 오게 된다. 따라서 오늘 술 한 잔을 마실 수 있고, 차 한 잔을 마실 수 있음은 능력이고 즐거움이기에 감사하라. 그 감사의 시간을 늘려 갖기 위해서 좋아하는 것에 너무 흠뻑 빠져서는 안 된다. 빠짐은 탐닉이고, 탐닉은 기울어진 배를 타는 것이나 다를 바 없다. 절제하는 가운데 오래오래 즐기라는 뜻이다. 이것은 분명 삶의 지혜이다.

13-4 공원을 산책하며

'공원'이라 하면, 대개 크든 작든 잔디밭이 있고, 나무와 꽃들이 어우러지고, 앉아 쉴 수 있는 벤치와 인공호수와 갖가지 조형물과 산책길 등이 조성되어 있어서 사람들의 마음을 편안하게 해준다. 이런 공원은 대개 도심 속이나 도심 가까운 곳에 있기 마련인데 사람들로 북적이는 경향이 있다. 하지만 그런 곳조차도 명상하기에는 아주 딱 좋은, 편리한 곳이다. 모든 생명의 에너지인 햇빛과 바람과 물과 흙이 어우러진 가운데 그곳에 뿌리를 박고 살아가는 생명체의 숨결을 온몸으로 느낄 수 있을 뿐 아니라 수많은 사람들의 행태도 엿볼 수 있는 곳이기 때문이다.

이렇게 인위적으로 가꾸어지고 조성된 공원이 아닌, 있는 그대로의 자연 일부가 지질학적으로나 생태학적으로 각별한 의미가 있어서 국가 정부로부터 지정된 '지질 생태 공원'도 있는데 그런 곳은 대체로 도심으로부터 멀리 떨어져 있다. 그래서 접근하기가 쉽지 않지만 일부러 찾아가 그곳을 여행하는 것도 무언가를 느끼게 하고 생각게 하는, 아주 좋은 명상처가 된다.

솔직히 말해서, 나는 개인적으로 여러 나라의 사막이나 밀림이나 호수나 계곡이나 화산이나 강 등을 여행하면서 현장에 서서 온몸으로 대자연의 생명력을 느끼면서 이런저런 생각들을 수없이 해보았다. 뒤돌아보면, 그 자체가 고행苦行에 가깝지만 이도 또한 부인할 수 없는 아주 훌륭한 명상수업이었다.

만일, 지금 당신이 도심 속 공원에 앉아 있거나 천천히 걸으며 산책한다면, 자연스럽게 명상할 필요가 있다. 특별한 생각을 해도 좋고 아무런 생각 없이 머물러 있어도 좋다. 그저 심호흡을 하거나 평상시 호흡보다 조금 더 길게 들숨 날숨을 일정하게 하는 것만으로도 심신을 차분하게 가라앉힐 수 있다. 그리고 가능한 한 불필요하게 몸을 움직이지 말고, 모든 감각 기관의 문을 활짝 열어 놓아 자신의 지각능력을 최대로 유지하는 것이 좋다.

혹, 고민이나 해결해야 할 문제가 있어서 마음이 심히 심란하다면, 그래서 그것을 잠시라도 잊어버리고 싶다면, 어느 한 가지를 선택하여 그에 대해 골똘히 생각해보는 것이 효과적이다. 그 한 가지 생각에 집중하는 동안만은 고민으로부터 자유로워지기 때문이다. 물론, 이때 선택하는 한 가지 화두는 스스로 필요하다고 판단되어 선택되는 것이면 좋겠지만, 그렇지 않다면 지금 눈길을 잡아끌고 있는 대상에 대해서 생각하라. 그것이 꽃이든 나무든 호수든 상관없이 일단 선택되면 그 대상을 아주 가까이에서 들여다보고 필요하다면 직접 만져도 보면서 생각하고 상상하라. 그것의 생김새와 빛깔과 냄새와 그 이유들을 나름대로 탐색해 보면서 기억 · 저장되어 있는 다른 유사한 것들과도 비교해 보라. 그리고 더욱 중요한 것은 그 대상을 자기 자신과도 연계시켜서 생각해 보라. 다른 점이 있다면 무엇이 다르고 같은 점이 있다면 무엇이 같은지 생각해 보라. 그 과정에서 위로 받을 수도 있기 때문이다. 그리고 언제나 나와 무관하게 있는 하늘을 올려다보고, 땅을 내려다보고, 그 사이 수많은 사람들과 생명체들을 생각해 보라. 그렇듯, 시도 때도 없이 변하는 바람끝을 피부로 느끼어도 보고, 삼라만상의 변화도 느끼어 보라. 그러다보면, 그 작은 것들을 통해서 아주 큰 것에 대해 눈을 뜰 수가 있다. 다시 말해, 개별적인 현상을 통해서 그 현상들을 낳는 일반적인 원리나 진리를 체득할 수도 있다. 그런 눈뜸이 바로 깨달음인 것이다.

부처님은 '시절인연'이라는 말을 써가면서 특히, 어리석은 사람들은 자연현상을 잘 관찰하여 인과관계를 유추하는 능력을 키우라고 주문하기도 했다. 그런가하면 예수님은 자연현상을 빗대어서 정작 하고자 하는 말인 '하나님의 뜻[意中]'을 이해하기 쉽게 풀어 설명했다. 그렇듯, 부처님은 자연현상을 통해서 인간사의 이치와 순리를 터득했다면 예수님은 자연현상을 통해서 하나님의 뜻을 읽었다. 그렇듯, 부처님은 먼지와 티끌을 통해서 우주를 생각했고, 예수님은 작은 겨자씨를 통해서 천국을 보았던 것이다. [이에 대한 자세한 내용은 필자의 다른 저서 『경전분석을 통해서 본 예수교 실상과 허상』을 참고하기 바람.]

13-5 음악을 듣거나 그림을 감상하며

음악을 듣거나 그림을 감상하면서 심신을 차분하게 가라앉힐 수 있다. 뿐만 아니라, 무언가에 대해서 깊이 생각할 수 있고 상상할 수도 있다. 그래서 마음이 편안해지고 안락해질 수도 있다. 바로 이 과정이 명상이다. 따라서 이런 현실적인 목적을 염두에 두고 음악을 듣거나 그림을 감상한다면 그 목적 달성에 효과적인 음악이나 그림을 선택해서 감상해야 함은 두말할 필요가 없다.

그리고 음악을 들을 때에는 청각을 집중시켜야 하고, 그림을 감상할 때에는 그 외에 다른 것들에 대해서 한 눈 팔지 말아야 한다. 한 마디로 말해, 정신집중이 되어야 하며, 또 그래야만이 그 음악과 그림에 대해 스스로 반응하고 해석하면서 고민이나 정신적인 스트레스로부터 벗어날 수 있다. 그래서 음악이나 그림감상은 마음의 병을 치료하는 수단으로도 적잖이 활용된다. 이때에는 무엇보다 감상자 마음이 편해져야 하고, 나름대로 생각하고 상상할 수 있어야 하며, 결과적으로 그런 과정이 즐거워야 한다. 따라서 음악에 정신이 팔리고 그림세계에 흠뻑 빠져드는 것 자체가 명상의 핵심인 셈이다. 물론, 음악이나 그림을 선별해 주고, 그것들을 감상할 때에 생각과 상상을 유도해주는 전문가의 도움을 받을 수도 있지만 스스로 체험하고 터득해 가는 것이 좋다고 생각한다.

고백하자면, 나는 한 때 거의 매주 일요일마다 정신적인 피로를 풀고, 상상력을 자극받기 위해서, 그리고 그림을 그린다는 사람들의 꼼수[머리:사유세계]와 손기술[그림 그리는 능력]을 엿보기 위해서 인사동의 크고 작은 갤러리 여남 곳을 두세 시간에 걸쳐 돌아다닌 적이 있었다. 그림을 들여다보는 것만으로도 나는 생각할 수 있었고 상상할 수도 있었으며, 적잖이 기분전환이 되고 위로받기도 했으며, 그림을 그리는 자와 그림 속에 갇힌 세계와의 관계를 조금이나마 엿볼 수도 있었다. 그렇듯, 내가 하는 일[시작詩作과 비평批評 활동]로 지쳐있거나 일상이 무료해질 때에는 문학 활동과 무관해 보이는, 엉뚱한 천문학 관련 책을 읽곤 했는데, 그것이 곧 상상력을 자극해 주는 휴식이 되고 위로가 되었으며, 새 기운을 불어넣어 주기도 했다. 한마디로 말해, 오솔길을 가볍게 걸으며 휴식을 취하는 '산책'과도 같았으며, 음악을 듣거나 그림을 감상하는 일과 같은 의미였던 것이다. 결국, 음악을 듣거나 그림을 감상하거나 산책을 하는 것도 다 명상의 한 방편이 된다는 뜻이다.

지나친 기쁨은 오만을 부르고, 오만은 타락을 부르고, 타락은 파멸을 부른다.
－이시환의 아포리즘aphorism 124

13-6 목욕탕에서

일상 속에서 자주 가는 곳 가운데 한 곳이 목욕탕이다. 목욕탕에 가면 평소 입고 다니는 옷을 다 벗고서 뜨거운 물이나 찬물이 담긴 탕 안으로 들어가 몸을 불리기도 하고, 별의별 방식의 사우나 방에 들어가 짧은 시간 앉아 있으면서 많은 땀을 흘리기도 한다. 그런가 하면, 거울 앞 작은 개인용 의자에 걸터앉아 온몸에 때를 밀기도 하면서 서로의 알몸을 훔쳐보기도 한다.

그런 목욕탕 안에서는, 따뜻한 물이 담긴 탕에서 족욕을 하든 반신 · 전신욕을 하든 상관없이, 들숨과 날숨을 일정하게 쉬며, 시선을 어느 한 곳에 고정시키거나 지그시 눈을 감으면 된다. 그 때에 어떤 특별한 한 가지 생각에 집중하든지 아니면 아무런 생각조차 하지 않은 채 자신의 숨소리를 들으며 가만히 있으면 된다. 오로지 호흡만은 균일하게 규칙적으로 하는 것이 좋다. 문제는 그 시간인데 무엇보다 마음이 쫓기지 않는 것이 좋으며, 최소 10~20분 정도가 무난하다고 본다.

사우나 방에 들어갔을 때에는, 다른 사람에게 방해가 되지 않는 선에서 양반자세 혹은 반가부좌 혹은 온전한 가부좌를 취하되 역시 들숨 날숨을 균일하게 하되 코로 하는 것보다 입으로 하는 게 좋다. 대개는 공기가 너무 뜨거워 콧구멍과 목구멍에 무리가 가해지기 때문이다. 앉아 있는 동안 온몸에 땀이 흘러내리는 자신의 모습을 눈을 감고도 훤히 내려다볼 수 있어야 하며, 그렇게 반복하다보면 인내심도 점점 커질 뿐만 아니라 산만한 마음도 저절로 차분하게 가라앉는다. 이런 사소한 명상이 되풀이 되면 될수록 뜨거움을 상쇄시키는, 다시 말해, 덜 느끼는 방법도 터득하게 되어 결과적으로 뜨거움에 익숙해지며, 나아가 꼭 뜨거움 대신에 다른 갖가지 어려움도 견디어내는 정신력을 키우는 셈이 된다.

명상이야 몸을 쉬게 하면서, 가지런히 호흡하고, 골똘히 생각하는 것으로써 언제 어디서든 가능하지만 습관이 되어야 하고 생활이 되어야 한다. 그래도 목욕탕이 명상에 좋은 이유가 하나 있는데, 그것은 비교적 좁은 공간 안에서 어린애로부터 노인에 이르기까지 나이에 맞게 변화된 사람들의 모습을 있는 그대로 다 볼 수 있다는 점이다. 나이 많은 노인을 통해서 나의 미래를 보고, 어린이나 젊은이를 통해서 그들의 풋풋한 생명력과 아름다움을 새삼스럽게 느낄 수도 있다. 그렇듯, 인체를 바라보며 많은 것을 생각하게 하는 공간이지만 몸과 마음의 긴장을 풀고 휴식을 취하는 곳이기도 하다. 목욕탕을 그저 때만 미는 공간이라 생각하면 그런 곳일 뿐이겠지만, 자타의 알몸을 들여다보며 명상하는 곳이라 여기면 그러한 곳이 될 줄로 믿는다. 모든 것은 생각하기에 달려 있고, 활용하기에 달려 있기 때문이다.

13-7 상갓집에서

대개, 40대 후반에서 50대 후반까지는 잦은 조문을 다니게 된다. 이미 장성한 그들을 낳아 기른 부모 세대가 늙어 7, 80대가 되어서 하나 둘 돌아가시기 때문이다. 물론, 남자 기준 60대가 가까워지면서부터 장례식장보다는 결혼식장으로 가는 경우가 더 많아지지만, 어쨌든, 상갓집에 가보면 그 집안의 종교에 따라 조문하는 방법이 조금씩 다르고, 죽은 자를 위하여 신께 드리는 예배방식도 다름을 왕왕 볼 수 있다. 스님이 와서 극락왕생을 위한 독경과 염불을 하기도 하고, 목사나 신부님이 와서 망자의 천국행 기원 예배를 드린다. 그리고 조문객들은 부의금을 접수하고, 죽은 자의 영정 앞에서 헌화하거나 향불을 피우고 큰절이나 묵념을 함으로써 명복을 빌어주고, 상주에게는 위로의 말을 전하게 된다. 그리고는 대개 음식대접을 받는다.

젊었을 때에는 이런 일이 아주 낯설고 어설프기 짝이 없게 마련인데 나이를 먹으면서 그런 경험이 축적되다보면 자기도 모르게 익숙해질 뿐 아니라 죽음과 조문 자체를 통과의례로서 대수롭지 않게 여기기도 한다. 사실, 이것은 놀라운 변화다. 그래서 죽은 자에 대한 명복기원이나 슬픔을 함께 나눈다기보다도 상주를 만나 의례적인 위로의 말을 하고, 다른 조문객들과 어울려 인정人情을 나누는 현장이 되고 만다. 설령, 망자의 죽음이 제 수명을 다한 자연사가 아니고 교통사고나 질병 등 타자에 의한 것일지라도 잠시 안타깝고 애석한 일이라고 여기면서 슬픈 표정을 지으면 그만이다. 그렇다고 달리 방법이 있는 것도 아니다.

죽은 자에게 작별인사를 하고, 상주에게 적으나마 물질적·정신적인 도움을 주기 위해서 – 그것도 품앗이가 전제되는 오랜 전통 때문이지만 – 조문을 다니다보면, 아니, 가까운 사람들의 죽음을 지켜보고 장례를 직접 치르게 되면서, 우리는 인간의 죽음과 장례에 대해서 많은 생각을 하게 된다. 바로 그 때에 한 생각들이 쌓이고 쌓이면서 재검토·재정리되거나 예로부터 내려오던 습속이 고정관념처럼 더욱 고착되기도 한다. 장례 절차나 방식이 조금씩 변화되어가는 것은 전자 때문이고, 49재가 어디에서 왔는지도 모른 채 막연히 속설만 믿고 철저하게 지내는 것은 후자의 예라 할 수 있다.

어쨌든, 죽은 자의 명복을 기원하는 조문장소에 조문객으로 있든, 직접 장례를 치루는 상주 입장에 있든, 장례는 우리로 하여금 많은 생각을 하게 한다. 그 조문과 장례 경험과정의 생각들이 쌓여서 지식이 되고 지혜를 얻을 수 있는 텃밭이 된다면 상갓집에서의 경험이나 생각은 그 자체로서 훌륭한 명상이 된다.

우선, 조문 장소의 풍경을 잘 살펴라. 망자의 영정사진과 그것을 모셔 놓은 곳의 꾸밈새를 살펴보고, 상주의 얼굴표정이나 태도 등도 유심히 살펴보고, 음식을 먹으며 담소를 나누는 조문객들의 동태도 살펴보라. 그 속에서 눈물을 훔치는 자도 보고, 웃는 자도 보라. 그리고 소리 내어 우는 자도 보고, 묵묵히 술잔을 기울이는 자들도 보라. 뿐만 아니라, 종교단체에서 온 조문객 일행들의 예배도 지켜보라. 조문장소에서 볼 수 있는 이런저런 풍경을 한 장의 종이 위에 그려진 그림처럼 바라보라. 그리고 기회가 된다면 죽어서 누워있는 망자를 염습(殮襲)하는 모습도 샅샅이 지켜보라. 그리고 화장하는 과정이나 산에 묻는 과정을 지켜보라. 그리고 집으로 돌아와 잠들기 전에 누워서 그 그림 속에 담긴 뜻을 새기어 보고, 그 숨은 의미를 헤아려 보라. 이런 경험들이 인간의 죽음과 삶의 본질에 대해, 그리고 죽은 자에 대한 산자의 예의 곧 장례의 본질을 터득하게 하는 좋은 밑거름이 되어 줄 것이다.

숱한 조문弔問과 장례를 통해서 내가 깨달은 내용 몇 가지를 참고로 소개하면 이러하다.

첫째, 인간 세상에 존재하는 그 어떠한 장례 방식도 다 죽은 자에 대한 산 자의 염원을 담아서 갖추는 '예의'에 지나지 않다는 사실이다. 그것도 주어진 자연 환경과 사회적·문화적·종교적 습속에 지대한 영향을 받으면서 인간 스스로가 만들어가는 불완전한 형식일 뿐이다.

둘째, 물질로써 이루어진 구조물의 유기적 기능이 곧 생명이고, 그 기능정지가 죽음인데 그 죽음으로써만이 비로소 만민萬

民이 평등해진다는 사실이다. 신神이 혹은 누군가가 죽은 자를 심판한다면 그 과정 또한 온갖 편견과 고정관념으로 재단되어 공평하지 못할진대 죽음으로써만이 모든 존재가 같을 길을 가게 되고, 비로소 똑 같아진다는 사실이다. 나는 이 사실 앞에서 천국이나 극락 간다는 믿음보다도 더 큰 위로를 받으며, 사악한 사람들에 대한 단죄의 종지부를 찍는 유일한 희망이기도 하다.

셋째, 조문 장소에 가서 느끼는 감정이나 하게 되는 생각 등이 나이를 먹어가면서 달라지는데, 조문의 경험이 축적되면서 '죽음'이라는 것에 대해 무감각해진다는 사실이다. 이것을 좋게 해석하자면, 나이를 먹으면서 죽음조차도 통과의례이자 자연의 질서 정도로 받아들이게 되는 '성숙'이라고 말할 수 있지만 나쁘게 해석하자면, 감정이 메마르고 무디어져 슬픈 일을 당해서도 슬퍼하지 못하고, 아름다움 앞에서도 감동하지 못하는, 한낱, 추물醜物로 변해가는 '노화과정'으로도 볼 수 있다는 점이다. 한마디로 말해, 남의 아픔을 껴안는 일보다 자신의 허기를 채우는 일을 더 중요하게 여기는, 아니, 그에서 한 치도 벗어나지 못하는 삶을 살 수밖에 없는 속물이 되어간다는 점이다.

넷째, 죽은 자에 대해 장례를 치르고 나면 그가, '어떻게 살았느냐?'와 '어떻게 죽었느냐?'라는 두 개의 기둥밖에 남지 않는다는 사실이다. 사실, 이 두 가지가 삶의 의미와 가치를 판가름한다고 본다.

다섯째, 한 인간의 죽음이 너무나 슬픈 나머지 눈물과 울음을 감추지 못할 지경이라면 자신이 믿는 '천국'과 '극락'이라는 끈을 붙잡고서라도 자위하라. 그래도 슬픔이 가라앉지 않으면 "이 세상에는 죽지 않는 것이 없다"는 사실을 떠올리면서, '이보다 더 불행하게 살다가 더 먼저 죽은 사람들의 더 슬픈 죽음'을 떠올리라. 비열하지만 다소나마 위로받을 수 있을 것이다.

13-8 너무 기쁘거나 슬플 때에

어떠한 이유에서든, 너무나 기쁜 일이 생기면 그 감정에 들뜨기 쉽고, 자칫 오만 방자해질 수 있는 가능성이 커진다. 만일, 오만 방자해지면 남들에게 불쾌감이나 피해를 끼치게 마련이고, 그 결과로 인해서 화살이 다시 내게로 되돌아올 수도 있다. 따라서 너무 기쁠 때에는 기쁨을 만끽하되 기쁘지 못한 사람을 먼저 생각하라. 기쁨이 찾아왔듯이 슬픔도 올 수 있음을 유념하면서 어느 정도는 그 감정을 제어할 필요가 있다.

그리고 너무 슬퍼서 두 다리가 후들거려 주저앉고 싶거나 말이나 울음조차 나오지 않을 경우일 때에는 한동안 그대로 주저앉거나 누워있으라. 그리고 눈을 감고 심호흡을 의도적으로 하

라. 아주 드문 일이지만, 충격으로 졸도하거나 정신에 이상이 올 수도 있기 때문에 초기에 냉정하고도 자연스런 대응이 중요하다. 충격을 받으면 아무런 생각도 떠오르지 않고 대응능력을 상실한 채 멍한 상태에 한동안 머물게 될 확률이 높다. 그럴 때에는 가능한 한 자신이 처한 상황을 천천히 생각해 보라. 믿기지 않는 일이겠지만 분명한 현실임을 재확인하면서 이 시간 이후 내가 무엇을 어떻게 해야 할지를 생각하라. 이때에 합리적인 생각을 하는 것이 중요하다. 생각의 합리성이 말과 행동의 우선순위를 결정해 줄 것이다. 그리고 현재의 내가 처한 상황이 사람으로서 경험할 수 있는 가장 절망적인 경우라고 생각하면서 더 이상 추락할 곳도 없고 더 이상 내려갈 곳도 없다고 생각하라. 이미 가장 밑바닥까지 내려와 있음으로 해서 더 이상 슬픈 일도 없으리라 자위하면서, 주변을 살펴보라. 이 과정에서 조금이라도 감정이 누그러들면 일어나 심호흡을 하고, 여건이 되면 냉수를 천천히 마시라. 그리고 포근한 방안에 들어가 혼자 있는 시간을 가져라. 그 때에 이불을 뒤집어쓰고 푹 잠을 자도 좋고, 엉엉 울어도 좋다. 소리 없이 눈물을 쏟아도 좋다. 그러고 나면 한결 나아질 것이다. 그리고 살아있음을 확인하고, 감사하라. 나보다 못한 수많은 사람들을 생각하며 자신을 위로하라. 차츰 살고자하는 의욕이 생길 것이다.

이처럼 너무 기쁘거나 너무 슬플 때에는 그 자리에 서서, 혹은 누워서, 혹은 앉아서, 잠시 심호흡을 하는 것이 중요하다.

그런 다음 천천히 생각해 보라. 기쁨과 슬픔이란 것도 다 내가 살아있기 때문에 누릴 수 있는 것이고, 그것도 결코 오래 가지 않는다고 생각하라. 그리고 무심한 하늘을 올려다보라. 그리고 웃고 있거나 울고 있는 자신을 내려다보라. 너무 기쁘거나 슬퍼서 졸도하기 전에는 그 감정이 점차 누그러질 것이다. 가능한 한 마음의 여유가 조금이라도 생기면 그 기쁨이나 슬픔을 친한 사람과 나누어 가져라. 나누어 갖는다는 것은 기쁨과 슬픔의 사연을 고백함으로써 공유하는 것이다. 공유한다는 것은 함께 느끼고 함께 생각하는 것이다. 그렇게 되면 슬픔은 줄어들기 마련이고 기쁨은 더욱 커지게 마련이다. 그래서 솔직한 대화가 가능한 친구가 필요한 법이다. 친구가 없으면 외로울 뿐 아니라 세상 살기에도 더욱 힘이 드는 게 사실이다.

암보다 무서운 병이 있다면 그것은 바로 외로움이다.
—이시환의 아포리즘aphorism 114

몇 가지 특수한 상황 극복을 위한 명상법

14-1 산만(散漫)할 때에
14-2 불안(不安)할 때에
14-3 불만(不滿)이 많을 때에
14-4 불면(不眠)에 시달릴 때에
14-5 분노(憤怒)가 솟구쳤을 때에
14-6 수치심이 크게 일 때에
14-7 집착(執着)으로 시달릴 때에
14-8 미움이 극에 달할 때에

살다보면 어떠한 이유에서든 산만散漫 · 불안不安 · 불만不滿 · 불면不眠 · 분노憤怒 · 수치심羞恥心 · 집착執着 등의 상황 속으로 내몰리는 경우가 있다. 그 상황이 심해지면 정상적인 생활이 위협받기도 하는데 그런 상황에 직면했을 때에 어떻게 대처해야 하는가? 특히, 명상으로써 이들 상황을 적절히 극복해낼 수는 있는 것인가?

명상 생활자로서 되돌아보면, 명상이 모든 문제를 완벽하게 해결해 주지는 못하지만 적지 아니한 도움이 되는 것은 사실이다. 그 도움의 원리를 밝히자면 이러하다. 곧, 명상 핵심 중의 핵심은 역시 자기 자신을 들여다보는 일[自己觀照]이므로 ①'자신이 처한 상황'을 객관적으로 지각知覺하고, ②상황이 자신에게 미치는 영향 곧 내게서 일어나는 정신적·신체적 여러 현상을 자각自覺하고, ③그 상황으로부터 스스로 벗어나려는 방법을 강구하는 노력을 통해서 도움을 받을 수 있는 것이다. 그 노력이라는 것은, 결국 상황을 받아들여 그 상황과 친숙해지거나, 거꾸로 아예 무시·외면하거나, 그 상황을 적극적으로 해체하는[원인 제거] 과정을 밟는 일이 된다. 물론, 상황 해체 과정에는 병원을 찾는 일도 포함된다.

무엇보다 중요한 사실은, 평소에 명상을 통해서 이런저런 상황 속으로 내몰리지 않아야 한다는 것이고, 어떠한 현상이 있을 때에는, 우리가 모를 수는 있어도, 반드시 그 현상 속에는 원인과 과정이 전제되어 있다는 점이다. 따라서 문제의 상황을 따로 떼어내어 골똘히 생각하는 습관을 가짐은 대단히 중요하다. 그리고 경우에 따라서는 그 문제의 상황을 하루빨리 잊거나 덮어버리고, 그로부터 온전히 벗어나는 일도 중요하다.

14-1 산만散漫할 때에

① 아주 단순하고 반복할 수 있는 일로 정신집중 훈련을 하라.
② 크고 복잡한 일을 작고 단순하게 쪼개어 하라.
③ 목표와 의욕과 실행에 옮기는 구체적인 방법론 등이 있어야 한다.

　몸과 마음을 차분하게 가라앉히지 못하고, 주의 집중이 되지 않으며, 심하면 무언가에 쫓기듯 불안하여 안절부절 못하는 상태가 바로 '산만'이다. 이 산만이 지속되면 한 가지의 생각이 여러 토막으로 끊기어 뒤섞이거나, 아예 내용이 다른 여러 가지 생각들이 매듭지어지지 못한 채 옮겨 다니며 다른 생각에 붙는 의상분일증意想奔逸症이 되기도 한다. 이러한 경향이 있는 사람은, 그러한 자신에 대하여 먼저 분명하게 자각自覺 · 인정認定하고 관조(觀照:생각으로 들여다보기)할 필요가 있다. 그 방법인즉 자신의 하루 시간을 여러 조각으로 쪼개어 사용하듯이, 자신이 하고자 하는 한 가지 일을 여러 토막으로 나누어서 하되 지금 당장 해야 하는 부분적인 일에만 집중하고자 다짐하고 그렇게 노력해야 한다. 쉽게 말하면, 크고 복잡한 일을 작고 단순한 일로 쪼개어 한다는 뜻이다.

그럼에도 불구하고, 잡념이 자꾸 떠오르고, 행동통일이 잘 되지 않을 때에는, 단순한 일로써 '집중하는 연습'을 별도로 시도하라. 예컨대, 한 주먹의 콩이 몇 개나 되는지 헤아리는 일이라든가, 한 시간 동안 성경의 시편을 몇 장이나 읽을 수 있는지, 아주 단순하고 반복할 수 있는 일을 해보는 것이다. 혹, 책이라면 고개가 절로 돌아가는 사람이라면 집에서 나오는 잡동사니 쓰레기를 종류별로 잘 분류하는 일이라도 해보라. 분류하되 부피가 큰 것을 작게 하고 따로따로 보관했다가 분리수거하는 날에 제대로 버려보라. 이렇게 아주 단순한 일로부터 연신 크고 복잡한 일로 바꾸어 시행해 보는 것이다. 아니면, 자신이 좋아하는 음악을 듣거나 바둑을 두거나 화초를 키우든지 해서라도 어느 한 가지 일에 정신을 집중하여 생각하고 행동하는 연습을 하는 것이다. 이러한 연습을 통해서 한 가지 일에 집중하는 습관을 들이게 되면 유치하게 보일지 몰라도 상당한 효과가 있을 것이다.

그리고 명상할 때에는 골방에 홀로 앉아 있는 자신에게 조용히 물어보라. "나는 왜 다른 사람들처럼 정신집중이 잘 되지 않을까?" "나는 왜 이런 저런 잡스런 생각이 많이 떠오르며, 그것들에게 시달려야 하는가?" "정말이지 나에게 무슨 특별한 문제라도 있단 말인가?" 이렇게 스스로 묻고 스스로 대답해 보라. 만일, '내게 특별한 문제가 없다'라고 판단되면 여인의 알몸을 훔쳐보듯이 자기 자신을 훔쳐보라. 어떻게? 실제로 앉아 있는 자신의 마음에서 일어나는 생각이나 몸에서 일어나는 동태의 변화를 있는 그대로 내려다보라. 그리고 자기 눈에 보였던 그대로, 지각된 내용을 중얼거려 보라. 이런 일을 여러 차례 되풀이하다보면 자신의 특수성이 지각될 것이다. 자신의 특수성을 인정하는 것만으로도, 자신에 대해서 조금씩 알아간다는 것만으로도 문제 상황에서 벗어나고자 대응하는 무서운 힘이 될 것이다.

만일, 자신이 다른 사람들에 비해서 부족한 사람이라고 판단되면 그 부족분이 채워지는 사람이 되고자 목표를 상향조정하여 세운 뒤 무엇부터 해야 하는지를 생각하라. 물론, 이 과정에서 '나는 할 수 있다'고 자신에게 확신을 심어주면서 지속적인 노력을 해야 한다. 이렇게 꾸준히 노력하다보면 자신도 모르게 조금씩 변화되어 갈 것이다. 그 작은 변화가 지각되는 순간, '나도 할 수 있다'는 의욕이 더욱 솟아날 것이다.

이처럼 목표의식을 갖고, 그 목표를 성취하고자 하는 의욕이 있으며, 그 의욕을 행동으로 옮길 방법이나 절차를 생각하면 산만함이 자연스럽게 극복될 수 있다.

살고자 하는 의욕이 없는 것은 자살행위와 다를 바 없다.
—이시환의 아포리즘aphorism 131

14-2 불안不安할 때에

불안할 때에 하는 단계적 명상 :
① 불안해 하는 자기 자신에 대한 자각
② 불안의 직접적인 원인에 대한 깨달음
③ 불안 원인 제거 노력

신변 안전에 위협을 느낄 때에 우리는 흔히 불안감이 생긴다. 타인으로부터 협박을 받았다거나, 좋지 못한 사고가 발생할 수 있다는 판단에 확신이 들었거나, 자신의 잘못이 드러나 크게 명예가 실추되거나 벌을 받게 된다고 판단될 때에도 불안감을 감추지 못한다. 생명체로서 신변안전에 대한 본능적 욕구를 갖고 있기 때문인데 불안감이 생기는 것도 그 위험에 대한 일종의 자기 경고요, 대응방식인 것이다.

그 불안감이 엄습하면, 얼굴색이 바뀌고, 정신집중이 잘 안되며, 자기도 모르게 특별한 동태를 보이기도 한다. 곧, 다리를 떨거나, 말을 더듬거나, 손톱을 물어뜯거나, 상대의 눈을 바로 쳐다보지 못하는 등 여러 가지로 나타날 수 있다. 이럴 때에는, 자신의 불안감이 어디에서 왜 오는지에 대해서 먼저 생각해 보아야 한다. 그 직접적인 이유를 분명하게 인지하는 것으로도 불안감을 해소해 나갈 수 있는데 사실, 그것을 깨닫고 인정하는 데에는 더러 상당한 시간과 노력과 솔직함이 필요하다.

만일, 자신의 잘못에서 오는 불안이라면 그것을 물리치는 데에 큰 어려움이 없겠지만 그것이 아닌 다른 이유에서라면, 특히 고정관념처럼 굳어져버린 어떤 '판단'이나 '믿음'에서 오는 것이라면 해소하기가 쉽지 않다. 자신의 잘못에서 비롯된 불안감이라면, 그것을 가까운 사람에게 털어 놓음으로써 공유共有하거나, 관련자에게 자신의 잘못을 시인·반성하고 용서를 구하는 것이 불안감을 떨쳐버리는 가장 빠른 길이 된다. 그렇지 않고 잘못된 '판단'과 '믿음'에서 오는 불안감이라면 자신의 그것이 근원적으로 잘못되었다는 사실을 깨달아야 하는데, 그 과정이 결코 쉽지가 않다는 것이다. 따라서 이 과정에서는 전문가의 도움이 필요하다.

만약, 명상으로써 자신의 불안감을 스스로 해소하고자 한다면, 역시 불안감에 사로잡혀 있는 자기 자신에 대하여 먼저 인정하고 받아들이는 과정이 있어야 하고, 그 다음 자신의 불안감이 어디로부터 오는 것인지, 그 직접적인 이유에 대한 분명한 자각이 뒤따라야 한다. 그런 다음, 그 불안감이 자신에게 지금 어떻게 영향을 미치고 있고, 내가 무엇을 어떻게 해야 그 불안감이 해소될 수 있는지에 대한 방법을 생각하고, 그에 따라 실천해 옮겨야 한다.

일반적으로, 불안감은 담력과 체력과 정신적인 믿음 등과도 밀접한 관계가 있다. 예컨대, 공동묘지를 가로질러 간다고 가정할 때에 귀신鬼神의 존재를 믿는 사람들은 쉽게 불안감을 느끼게 되지만 귀신과 영육분리를 아예 믿지 않는 사람들은 전혀 느끼지 않는다. 뿐만 아니라, 담력이 크고 체력이 강한 사람들은 동일 조건하에서도 불안감을 덜 느끼는 경향이 있는데, 그만큼 자신감과 대응능력이 있다고 스스로 믿기 때문이다.

그러나 담력과 체력은 훈련에 의해서 어느 정도 향상시킬 수 있는데, 향상된 체력과 담력에 지력까지 더해진다면 정신력이 강해지면서 불안감을 현저하게 줄일 수 있을 뿐 아니라 어느 정도는 자기 제어가 가능해진다. 이 자기 제어는 불안에 떠는 자기 자신을 내려다보면서 미소를 지을 수 있을 때에, 다시 말해, 불안의 직접적인 요인과 자신의 현 상태에 대한 인지認知로부터 가능해지는 것이다.

14-3 불만不滿이 많을 때에

불만의 대상	① 자기 자신 → 자기성찰
	② 타인 → 너그러움, 배려

불만의 내용과 기준이 무엇이든지 간에, 자신의 기준에 미치지 못하여 '부족하다'고 판단됐을 때에, 혹은 자신이 원하는 방향으로 문제가 풀리지 않을 때에 스스로 느끼는 불편함 곧 언짢거나 불쾌하거나 비판적인 언행을 하고 싶은 욕구가 많은 상태가 곧 불만이다. 이 불만은 자신과 주변 다른 사람들을 편안하게 하거나 즐겁게 하지 못하고 오히려 긴장시키는 요인이 된다. 문제는 그 기준이 다분히 주관적이라는 것이고, 그 불만을 오래오래 혹은 자주 갖게 되면 자신도 모르게 말이나 행동에 영향을 미치게 되고, 나아가 성격에까지도 상당한 영향을 미치게 된다는 사실이다. 그리하여 말과 행동이 거칠어지고 자신도 모르게 공격적인 태도로 변하기도 한다. 따라서 자기 기준에 못 미치어 생기는 부족분을 채우기 위해서 더 열심히 노력하며 사는 동력원으로서의 불만은 마땅히 필요한 것이지만 노력을 하지도 않거나 설령, 한다하더라도 극복되지 않는 상태에서 상습적으로 갖는 불만은 결코 자신과 타인을 위해서도 바람직하지 못하다.

그리고 불만의 대상이 '자신이냐 타인이냐'가 중요한데, 자신에 대한 불만이라면 그 불만을 느끼게 하는 요소를 하나하나 제거하기 위해서 구체적인 노력을 기울임으로써 자기 발전의 계기로 승화시키는 것은 매우 바람직하지만 그런 노력도 하지 않으면서 불만만을 갖게 되면 결과적으로 자학自虐하는 꼴밖에 되지 않는다. 혹, 노력해도 안 될 때에는 그런 자신을, 다시 말해, 능력 없는 자신을 받아들여야 한다. 그럴 때에는, 모름지기 자신의 능력이 그것밖에 되지 않음을 인정하고 받아들여야 하며, 자신의 기준을 낮추어 바꿔 갖는 것이 좋다. 여기서 기준을 낮춘다는 것은 자신에게 기대하는 바를 줄이는 것이기도 하지만 대상을 바라보는 시각과 태도를 달리하는 것이기도 하다.

만약, 불만의 대상이 자신이 아니라 타인이라면, '나'라는 자기 기준에 의해서 타인을 볼 때에 상대적으로 부족하다거나 크게 다른 데에 따른 이질감을 느낄 때일 확률이 높기 때문에 자칫하면 '끼리끼리' 만나는 편협 되고 왜곡된 대인관계가 형성될 수도 있다. 사실이지 나이를 먹으면서, 정확히 표현하자면 늙어가면서 자연스럽게 그렇게 되는 경향이 있다. 자기 경험과 자기 기준에서 사람을 재고 세상을 재기 때문이다. 이럴 때에는, 자신의 그런 경향성을 먼저 자각해야 하고, 그런 다음 자신과 다르거나 부족한 사람들의 실상에 대해서도 정확히 인식할 필요가 있다. 그런 다음, 너그러운 마음을 내어 그들의 장단점을 분명하게 이해하고, 함께 어울릴 때에는 상호 보완적인 관계를 유지하려는 자세와 노력이 필요하다. 이 과정이 곧 인간 사랑의 시작인 것이다. 결과적으로, 나부터 너그러워져야 하고, 상대방의 입장과 처지를 이해해 주려는 기본적인 자세를 갖는 배려가 있어야 한다.

불만이 많은 사람은 평상시 명상을 통해서 자기 자신에 대한 성찰이 필요하고, 사람마다 다른 특수성이나 개성을, 그 부족한 점까지도 이해해주려는 마음을 먼저 내야 한다. 그러기 위해서는 무엇보다도 상대방을 안타깝게 생각하고 불쌍하다고 여기는 측은지심惻隱之心이 있어야 한다. 그것의 있고 없음과 많고 적음에 대해서는 대개 타고나는 천성天性과 무관하지 않다. 대개, 어렸을 때에 착한 사람은 늙어서도 착하게 마련이고, 어렸을 때에 이기적인 사람은 늙어서도 이기적인 성향을 유지하는 확률이 높다는 뜻이다. 그러나 이것을 극복하는 사람이 노력하는 사람이요, 진정으로 아름다운 사람인 것이다.

14-4 불면不眠에 시달릴 때에

① 불면의 원인 파악 노력 – 자기성찰
② 최대한 심신 이완 – 수면실 조건 개선 · 호흡
③ 물질대사 과정에 필요한 조치 – 각성제 차단, 비타민 · 칼슘 보충 · 수분 등
④ 용쓰기 호흡과 자기 최면

①정신적인 흥분·긴장·불안 등 심리적인 요인 ②각종 뇌질환이나 신체기관의 기능 장애 및 통증 ③약물이나 특정 물질 과다 흡수 등에 의한 영향이나 중독 ④갑작스런 외부환경의 변화 ⑤어떤 욕구나 목표를 달성하기 위한 과도한 집착이나 고민 등 여러 가지 이유로, 잠을 쉽게 들지 못하거나 깊은 잠에 들지 못한 채 꿈에 시달리거나 자주 잠이 깨는 등 깊은 잠을 이루지 못하는 상태가 곧 불면이다. 이런 불면현상이 자주 그리고 지속적으로 나타나면 말 그대로 '불면증'이다.

불면증이 있으면, 대체로 신경이 날카로워지고, 영양분 소비가 많아지고, 신진대사가 불완전해져서 살이 찌지 않고 마르게 된다. 물론, 예외도 있다. 불면증이 있는 사람은 당연히 전문 병원을 찾아가 정신 의학적 진단을 받고, 그 원인에 따라 적절한 약물 치료를 받아야 하지만 그 상태가 경미하거나 일시적인 경우에는 명상을 통해서 어느 정도 통제할 수는 있다.

명상을 통해서 불면을 통제하는 방법인 즉 이러하다. 곧, ①불면의 원인에 대하여 먼저 생각해 보고, ②그 원인이 짐작 확인되면 요인 제거에 노력해야 하며, ③동시에 몸에서 수면 욕구를 느끼도록 가능한 범위 내에서 조건을 만들어줘야 한다.

첫 단계인 불면의 원인을 알아내기 위해서는, 하루 24시간 동안에 일어난 일들을 포함해서 지금까지 살아온 개인사적인 삶의 과정에서 불면을 일으킬만한 특별한 요인이 없었는지 되돌아봐야 한다. 예컨대, 오늘 하루는 언제 어디서 무엇을 먹었나? 특별히 신경 쓰였던 일은 없었는가? 눈에 보이지는 않지만 몸 안의 큰 변화는 없었는가? 등등 하루치의 자신을 들여다봐야 하고, 또한 평소 생활습관이나 음식이나 성격이나 정신에 영향을 크게 미쳐왔던 인자因子가 없었는지, 지금까지의 자기 삶을 총체적으로 뒤돌아봐야 한다. 이것은 오로지 평상시 자신을 들여다보는 명상생활을 통해서만이 가능하다.

불면의 이유가 짐작되었다면, 그 이유를 하나하나 제거해 나가라. 너무 흔한 예이지만, 차茶나 커피나 건강보조음료를 통해서 카페인을 너무 많이 상습적으로 섭취했다면 당연히 그것을 줄이거나 끊어야 한다. 그리고 지나친 흥분이나 심각한 고민 등이 있어서 잠이 오지 않는 일시적인 경우에는 마음을 다스리는[진정시키는] 쪽으로 나가야 한다. 그리고 잠을 자는 곳인 방안을 최대한 어둡게 하고, 전자파의 장애가 없도록 모든 전기코드를 뽑아버리고, 머리를 두는 방향도 자신의 몸에 맞게 바꾸어보라. 그리고 잠자는 동안 신체기관에 영향을 주는 원적외선을 방출하는 각종 매트[옥·비취·맥반석·맥섬석 등]를 멀리하라. 이것들의 도움을 받기 시작하면 또 다른 문제가 야기되기 때문이다.
그러나 무엇보다 중요한 일은, 잠을 자는 데에 필요한 인체의 생화학적 조건들을 우선적으로 만족시켜 주는 것이다. 예컨대, 비타민 B, C나 칼슘 등이 부족하지 않게 공급해 주는 것이 좋다. 그것도 비타민제나 수면제 같은 약물을 복용하는 것보다 야채나 과일을 먹는 것이 낫고, 야채 중에서도 '락투세린(Lactucerin)'과 '락투신(Lactucin)'이 들어 있는 상추나 취나물 등을 많이 먹는 것이 좋다. 그리고 뱃속 장기를 따뜻하게 해줘야 하는데 이를 위해서는 따뜻한 우유를 마시거나 복부를 차지 않게 이불을 잘 덮어야 한다. 그리고 적절한 운동을 하여 몸에 피로물질이 쌓이도록 함으로써 몸의 수면 욕구를 증대시켜야 놓아야 한다. 그런 다음, 몸과 마음을 가능한 한 편안하도록 하라. 마지막으로, 잠자리에 누워서는 '심호흡' 내지는 '용쓰기 호흡'을 몇 차례 반복 시도하고, '나는 잠을 자야 한다. 반드시 잠을 자야 내일 일을 할 수 있다. 나는 잠에 든다.'는 암시를 자신에게 줌으로써 몸이 그쪽으로 움직이도록 유도한다. 소위, 자가 최면을 걸어서 뇌에서 수면촉진 물질이 생성되도록 유도하는 것이다.

세간에서는, 수면을 촉진하기 위해서 특별한 스트레칭, 예컨대, ①주먹으로 발뒤꿈치 곧 심면혈을 두드려 자극하기 ②요추에서 목뼈까지 자극이 되도록 두 무릎을 배위로 올려놓고 머리를 앞쪽으로 굽혀 온몸을 공처럼 동그랗게 하여 앞뒤로 구르기 ③심호흡 등을 권장하기도 한다. 그러나 잠들기 전에 너무 큰 동작을 취하면 오던 잠도 달아나버리기 때문에 주의할 필요가 있다. 나는 이 세 가지를 합쳐 놓은 것과도 같은 '용쓰기 호흡법'을 2~4회 정도 하는 것을 권장한다.

14-5 분노憤怒가 솟구쳤을 때에

---

① 돌아서라
② 벗어나라
③ 심호흡을 하라
④ 부처나 예수를 떠올려라

---

①하고자 하는 일을 부당하게 저지당하거나 ②하기 싫은 일을 일방적으로 강요받았을 때에 ③인격과 능력 등을 무시당하거나 자존심에 크게 상처를 입었을 때에 ④억울한 일을 당하여 더는 참을 수 없는 상황으로 내몰렸을 때에 순간적으로 생기는 화禍 곧 증오심으로 들끓는 흥분 상태가 곧 분노다. 이 분노가 생기면, 심장박동이 빨라지고 호흡이 거칠어지면서 혈압이 상승하고, 감정제어가 잘 되지 않으며, 자신으로 하여금 화를 나게 한 요인에 대해 공격적인 태도나 행동을 보이기도 한다. 물론, 이미 기분이 나빠졌고 화가 날대로 났기 때문에 공격·보복할 수 있다는 자연발생적인 표시[전조前兆]로 얼굴 표정

이 차갑게 굳고, 자기도 모르게 주먹을 불끈 쥐거나, 두 눈을 찌푸리거나, 입술을 깨물거나, 눈 꼬리를 부르르 떨며 치뜨기도 한다. 뿐만 아니라, 더 이상 참을 수 없다고 판단되는 순간 우발적으로 공격적인 동작을 취하기도 한다. 곧, 가까이 있는 물체를 들어 던져 파괴한다거나 큰 소리와 욕설을 내지르며 울분을 표출하기도 하고, 경우에 따라서는 상대방을 직접 가격할 수도 있고, 불특정 다수에게 해코지까지도 할 수 있다. 이런 분노를 가지고 있는 사람은, 감정 제어가 잘 되지 않고 긴장·흥분되어 있는 상태이기 때문에 불면·불안으로 이어질 가능성이 높다.

만약, 정도 차이는 있지만 분노를 느끼는 사람이라면 무엇보다도 분노하는 자기 자신을 들여다보도록 노력해야 한다. 물론, 분노를 느낄 때에 대처하는 방식은 개인의 심성·기질·평소 수행 정도 등에 따라 다르게 나타나겠지만 일반적인 방법은 이러하다. 곧, ①현장에서 곧바로 돌아서거나 벗어나라. ②심호흡을 하면서 증오심으로 솟구친 자신의 흥분 상태를 가라앉혀라. ③분노를 표출했을 때에 야기되는 상황을 떠올리며 예수나 부처나 사랑하는 사람의 얼굴을 떠올려라. ④오히려 상대를 측은지심으로 바라보며, 내가 더 참고 내가 더 너그러워져야 한다고 자신에게 주지시켜라. 이것은 현장에서든 골방에서든 상관없이 이루어지는 절차이고 방법이다. 모든 분노를 가라앉히고 억누르는 것만이 반드시 옳은 일은 아니지만 한 번 더 참아냈을 때에 갖게 되는 심리적 편안함을 느껴볼 필요가 있다.

불교의 「좌선삼매경」에서도 성냄[瞋恚]이 많은 사람들은 모름지기 '자심慈心삼매'로 다스려야 한다 했고, 예수님도 관용을 베풀어 남의 죄나 잘못을 일흔 번씩 일곱 번이라도 용서해야 한다(마태복음 18:22)고 말했다. 너그러운 마음[자비·사랑]으로 살다 가신 두 성인의 모습을 떠올리는 것만으로도 분노를 녹이는 데에 도움이 될 줄로 믿는다.

14-6 수치심이 크게 일 때에

① 수치심의 직인 : 자기 잘못, 상대적 무능
② 수치심의 직인에 대한 자각·인정·반성
③ 수치심을 일으킨 상황 외면·망각·자기합리화

자신의 거짓과 잘못된 언행과 실수와 부족한 능력 등이 다중 앞에서 노출되어 공개적으로 부각될 때에 수치심을 느낀다. 꼭 다중 앞에서가 아니라도, 자기 기준과 자기 양심에 비추어 보았을 때에도 그것들은 수치심을 불러일으킨다. 그런데 수치심을 느끼게 했던 직인直因이나 상황들에 대해서 당사자들은 대개 잊으려 하거나 덮어두려는 경향이 있다. 한마디로 말해, 쉬쉬하고 싶고, 다시 떠올리고 싶지도 않은 것이다.

그런데 그 수치심을 느끼는 정도도 사람마다 다르다. 같은 잘못을 저지르고도 어떤 이는 크게 수치심을 느끼는가 하면, 또 어떤 이는 대수롭지 않게 여기기 때문이다. 그 기준이 자신에게 있다는 뜻이다. 여기에는 타고난 성격과 가치관이 작용한다. 재미있는 현상은 부끄러운 상황에 놓여 있으면서도 그 부끄러움을 가볍게 여기는, 소위, 얼굴이 두꺼운 사람들이 대개는 처세술이 좋다는 사실이다. 다시 말해, 뻔뻔한 사람들이 잘 산다는 뜻이다.

사실이지, 심한 수치심은 신체적 건강에도 좋지 않다. 자존심이 상하고 스스로에게도 부끄러워져 자기 스스로 스트레스를 받으며, 하루빨리 모면하고 싶은 욕구가 생기며, 경우에 따라서는 식은땀이 나기도 한다. 심할 경우 자학적인 태도를 보일 수도 있다. 이런 생리적 · 심리적 현상이 지속된다면 건강에 좋을 리 만무하다.

따라서 이럴 때에는 ①자신으로 하여금 수치심을 느끼게 했던 상황을 생생히 떠올리며, 자신의 잘잘못을 분명하게 인식하라. ②'이 순간부터는 보다 완벽하게 처신해야지', 혹은 '능력을 갖추어야지', '다시는 실수를 하지 말아야지' 라고 자신에게 각인시키면서, 실제로 그런 삶을 살겠다고 의지를 다지고 구체적인 노력을 실천해가야 한다. 그리고 ③나보다 못한 사람들을 생각하며, 살면서 실수할 수도 있다고 자기 합리화를 꾀하라. 그리고 ④경우에 따라서는 빨리 잊고 사는 노력도 필요하다.

14-7 집착執着으로 시달릴 때에

> 집착 : 자기 통제를 벗어난 욕구충족 활동

어떤 대상에 대하여 관심을 갖는 정도를 넘어서서 자신의 마음과 에너지를 쏟아서 탐구하고 추구하되 스스로 만족할 때까지 스스로 '매이는' 상태가 집착이다. 덧붙이자면, 개인적인 흥미나 관심이나 능력이 어떠한 이유에서든 지나치게 많아서이거나, 아니면 개인적인 어떤 목적과 필요에 의해서인데, 이는 분명 자신의 욕구를 충족시키기 위한 활동 가운데 하나일 뿐으로, 그곳에 투자되는 관심과 시간과 에너지 집중 등의 요소가 차지하는 비중이 커서 다른 생활에 영향을 미치는 정도로 기울어지는 경향이 짙다. 엄밀하게 말하면, 자기 통제를 벗어난 욕구충족 활동이 집착인 것이다. 그리고 그 대상으로는, 어느 작은 한 가지로 집중되는 경향이 있으며, 의식주를 비롯하여 취미생활로부터 생리적 욕구와 어떤 학문 세계에 대한 탐구에 이르기까지 다종다양하게 나타난다.

물론, 집착의 정도에 따라서 일상생활에 미치는 영향이 다르겠지만, 일단 집착하게 되면 머릿속에 온통 그(집착의 대상) 생각만 있게 되는데, 심할 경우 불면으로 이어지기도 하고, 가수면 혹은 반수면 상태에서도 그 대상이나 그와 관련된 생각을 하게 된다. 이런 생활이 오래 지속되다보면 자칫 주야晝夜가 바뀌고, 불규칙적인 생활로 생체리듬마저 깨어지기 쉽고, 피로가 누적되어 건강을 해칠 수도 있다. 좋은 점이 있다면 집착하는 대상에 대하여 비교적 많이, 깊게 알게 되고, 그로 인한 즐거움이 뒤따르기도 한다. 그 즐거움을 즐기는 것이 곧 탐닉이고, 탐닉은 자칫 기울어지는 배를 타는 일만큼이나 위험할 수도 있다.

그러나 세상 사람들에게 필요한, 세상에 없는 것을 만들어내거나 세상 사람들이 모르는 일을 먼저 알고서 알려주는 일을 하는 데에는 그 집착 없이 이루어지는 것은 거의 없다. 소위 세상을 위해서 많은 일을 한 사람은 대개 어떤 분야든 집착한 사람들이고, 그들은 대체로 정신집중도가 높아, 다시 말해, 신체 각 기관으로 하여금 일을 많이 하게 하는 것과 같아 에너지 소비가 많아서 단명短命하는 경향이 있다.

이처럼 집착은 좋은 결과를 낳기도 하지만 좋지 못한 결과를 가져오기도 한다. 따라서 적절히 통제만 할 수만 있다면 그보다 좋은 일은 없을 것이다. "옛날의 천재는 요절했지만 오늘날의 천재는 장수한다."는 말이 시사해 주는 바 그 의미가 크다. 그 집착도 명상을 통해서 적절히 통제될 수 있기 때문이다. 명상을 하다보면 현재 자기 몸이 어떤 상태에 놓여 있는가를 알수 있으며, 그 몸이 하는 말을 귀담아 들을 수 있어 자신과 일정한 거리 두기가 가능해진다고 본다.

14-8 미움이 극에 달할 때에

① 미움 · 증오심 · 폭언 · 폭력 · 살인
② 내가 먼저 베풀고, 이해하고, 용서하는 자세 필요
③ 증오심은 자신의 목을 조르는 밧줄

살다보면 예기치 않게 대인관계상 상대방에 대해 아주 미운 생각이 들 때가 있다. 그 감정이 가벼워서 잠시 머물다가 사라지면 상관없지만 그것이 반복되거나 그 골이 깊어지면 반드시 문제가 된다. 단순한 미움을 넘어서서 증오심으로 변하기 때문이다.

어떠한 이유에서든 누군가에 대해서 증오심을 품게 되면 자연히 대인관계가 소원·단절됨은 물론이고, 상대방에게 좋지 못한 일이 생기기를 원하며 기도企圖하기도 하고, 극단적인 경우에는 폭언과 폭력·살인으로까지 번지기도 한다. 보다 더 근원적인 문제는, 증오심을 품고 있는 사람에게 그 감정이 솟구칠 때마다 몸 안에서는 생리적인 현상을 수반하며 해로운 물질들이 생성되어 자신의 건강을 해친다는 사실이다.

상대방에게 앙갚음을 하듯 해코지를 하는 경우는 그래도 화풀이를 했기 때문에 덜 스트레스를 받지만 그러지 못하고 혼자서 끙끙 앓게 되면 화병이 되어 자신의 건강을 심각하게 해칠 수 있다. 이러한 예는 주변에서도 얼마든지 볼 수 있다.

사람이란 대개 자기 입장과 자기 기준에서 상대방을 재단하기 때문에 자칫 오해하기 쉽고, 경우에 따라서는 대립·충돌할 수도 있다. 나와 다르지만 상대방 입장을 이해해주려고 노력하고 실제로 너그러운 마음을 내면 미움이란 감정이 생길 이유가 없지만 그렇지 못하기 때문이다. 그래서 내가 먼저 마음의 문을 열어야 하고, 내가 먼저 정을 베풀어야 한다. 설령, 상대방이 내게 미움을 사는 실수나 잘못을 저질렀더라도 부처나 예수가 우리에게 요구한 것처럼 가능한 한 너그러운 마음을 내어 이해해 주고 용서해 주어야 한다. 지혜로운 사람은 상대방에게서 같은 일이 반복되지 않도록 용서해 주면서 조심스럽게 직언과 조언함으로써 그런 일을 피해가려 노력할 것이다. 이유야 어찌 되었든 상대방에 대한 미움은 처음부터 갖지 않는 것이 좋다. 그러나 말을 쉽지만 이 또한 대단히 어려운 일 가운데 하나이다.

미운 감정을 품지 않기 위해서는 처음부터 상대방에 대해서 너무 많은 기대를 하지 말아야 하고, 내가 무언가를 가지고 싶을 때 상대방도 갖고 싶어 한다는 사실을 전제하고서 먼저 상대방을 이해하려 노력하고, 먼저 베풀어야 하며, 경우에 따라서는 상당한 인내심과 너그러움을 발휘해야 한다. 하지만 이런 노력을 하지 않기 때문에 '끼리끼리[類類相從]'의 대인관계가 자연스럽게 형성되는 것이다.

따라서 미움이나 증오심을 품게 하는 사람이 있다면 그가 왜 미운지, 그의 입장을 생각해 보는 시간을 갖는 것이 좋다. 그 사람의 평소 말이나 행동을 통해서 그의 태도·성격·가치관·지력 등 종합적인 '개성'에 대해서 곰곰이 생각해 봄으로써 그를 보다 정확히 이해할 필요가 있고, 동시에 입장을 바꾸어서 그가 나에 대해서 어떻게 인식하는지를 생각해 보아야 한다. 이런 과정을 거침으로써 자기 교정이 이루어지고 상대방에 대한 이해심도 커지면서 미움이나 증오심이 상쇄되어 갈 것이다.

후기

　나는 잡념雜念과 고민苦悶을 합쳐서 '번뇌煩惱'라 하며, 그 번
뇌로부터 온전히 벗어나서 해방됨을 '해탈解脫'이라 하고, 그
번뇌를 말끔히 사라지게 소멸시켜서 마음이 고요해진 상태를
'적멸寂滅'이라 한다. 그리고 그 번뇌로부터 벗어나거나 그 번
뇌를 소멸시키는 방법을 깨우쳐 알게 됨을 '깨달음'이라 한다.
따라서 해탈이나 적멸이나 깨달음을 사실상 같은 의미로 여기
며, 실제로 여러 불경들에서도 그렇게 씌어왔다. 물론, 가장
온전한 해탈과 적멸은 죽음을 통해서만이 가능하지만 그것을
간구하는 사람은 이 세상에 '거의' 없을 것이다. 문제는 살아서
해탈하여 적멸에 들어야 한다는 것이 불가佛家의 숙원이고, 오
늘날 많은 사람들의 바람이라는 것만은 분명하다. 삶이란 죽음
을 목표로 하지 않으며, 죽음이 곧 깨달음의 결과가 아니기 때
문이다.

　나의 명상법은 번뇌의 원인을 바르게 깨닫고 번뇌없이 살고

자 하는 사람들에게 필요한 길잡이로서 한번쯤 귀 기울여 볼만한 '헛소리'라고 생각한다. 왜, 헛소리인가? 결국에는 이조차 다 버려지는 것이기 때문이다. 특히, 좌선을 통해서 공중空中 부양浮揚이나 남의 마음을 꿰뚫어보는 등 갖가지 신통력을 발휘하고 싶은 사람들은 꼭 읽어 보시라.

평생 책 한권 읽지 못하는 사람들을 위하여 이 책의 내용을 압축하여 그것을 화두 삼아 던지면 이러하다.

근심걱정 다 버리고 깨끗한 마음 건강한 몸으로 오래오래 살고 싶다면, 먼저 심호흡을 즐기고, 눈을 지그시 감으며, 자기 자신과 자주 마주 앉아라. 겉으로써 속을 보고, 부분으로써 전체를 통찰할 수 있는 눈을 닦고, 우주 속의 나를, 내 속의 대자연을 마음껏 느껴보라. 끝내는 죽음으로써만이 삼라만상이 같은 길을 가는 것이지만, 누구도 그 길을 외면·회피할 수는 없으리라.

그러므로 내세를 꿈꾸거나 기대하지 말고 오늘을 열심히 여한 없이 살라. 그리고 만족하라. '부활'이나 '환생' 따위의 덧과 같은 말에 사로잡히지 마라.

−2014. 03. 20.

주머니 속의 **명상법**

초판인쇄   2013년 6월 25일   **초판발행**   2013년 6월 30일

지은이   **이시환**
펴낸이   **이혜숙**   펴낸곳   **신세림출판사**
등록일   1991년 12월 24일 제2-1298호
100-015 서울특별시 중구 충무로5가 19-9 부성B/D 702호
전화 **02-2264-1972**   팩스 **02-2264-1973**
E-mail : shinselim72@hanmail.net

정가 **13,000원**
ISBN 978-89-5800-144-7, 03810